dt

Zwei Wochen Urlaub in Travemünde! Carl und Ariane haben ein Ferienhaus mit Blick auf die Lübecker Bucht gemietet, und es könnte alles so schön romantisch sein, wenn da nicht Victor wäre, ein Baby, das bei Ariane ungeahnte Wünsche auslöst. Und dann kommt auch noch Wolf zu Besuch, der nicht mehr ganz junge Dichter-Freund-Ziehvater mit rebellischer Vergangenheit, und mit ihm die schöne Maja ... »Eine locker-leichte Geschichte ... Kein Heimatfilm zum Lesen, sondern eine bemerkenswert jetztzeitige Story.« (Dirk Nolde in den ›Lübecker Nachrichten‹)

Andreas Rostock, 1964 geboren, ist seit seinem Studienabschluss (Philosophie, Literatur und Sport) Hausmann. Er lebt mit Frau und Kindern in Hamburg, ist Autor von Reisereportagen und hat für ›Spiegel‹, ›Zeit‹, ›Hamburger Abendblatt‹ und für den Norddeutschen Rundfunk geschrieben.

Andreas Rostock

Verliebt in Travemünde

Roman

Deutscher Taschenbuch Verlag

Ungekürzte Ausgabe
Juni 2000
Deutscher Taschenbuch Verlag GmbH & Co. KG,
München
wwww.dtv.de

Umschlagkonzept: Balk & Brumshagen
Umschlagfoto: © Bavaria/Füllenbach
Satz: KCS GmbH, Buchholz/Hamburg
Gesetzt aus der Bembo 10/12,25˙ (QuarkXPress)
Druck und Bindung: C. H. Beck'sche Buchdruckerei,
Nördlingen
Gedruckt auf säurefreiem, chlorfrei gebleichtem Papier
Printed in Germany · ISBN 3-423-20346-3

Für Ina und Max

I

Ich dachte ans Meer. Staubteilchen flirrten im Licht der Herbstsonne, das durch ein Loch in der schmutzigen Glaskuppel auf den Bahnsteig fiel. Ich musste niesen.

»Carl!«

Ich dachte ans Meer, an die schönen verträumten Tage, die wir haben würden, an das Haus direkt an der Strandpromenade. Ich wollte lesen, alles um mich herum vergessen, in die Welt eines Buches eintauchen und mich aus der anderen Welt, meiner Studenten-Alltagswelt, fortstehlen.

»Carl!«

Genau, lesen, ohne das Buch auszuwerten, wie wir es an der Uni taten, einfach nur lesen, das war's. Oder besser noch, einen Becher heißen Kaffee in der Hand auf die graue Lübecker Bucht sehen, hinaus in die kalte Ferne, wo der Blick sich nicht stößt.

Allerdings war es für einen Septembertag erstaunlich warm. Und heute war Herbstanfang.

»Carl!«

Ariane zog an meinem Ärmel.

»Ja?«

Sie zeigte auf eine junge Mutter, die mit ihrem bunt geblümten Kinderwagen allein vor der hölzernen Treppe vom Bahnsteig zur Schalterhalle stand.

»Ja, gibt es denn keinen Fahrstuhl?«

Nein, so etwas gab es auf dem Lübecker Bahnhof nicht.

»Da, halt mal!«

Ich gab ihr meinen Rucksack und ging auf die Frau mit dem Kinderwagen zu.

»Darf ich Ihnen helfen?«

Sie lächelte erleichtert und strich sich eine Strähne aus dem Gesicht.

»Ja, das wäre sehr freundlich.«

Sie umfasste den Griff, und ich bückte mich, um den Wagen am Gestell neben den Rädern anzuheben. Ich sah nach oben. Alleine wäre es unmöglich gewesen, den sperrigen Kinderwagen hinaufzutragen. Zu zweit war es schwer genug.

Wir gingen halb seitwärts und suchten einen gemeinsamen Rhythmus. Die Stufen wollten nicht enden.

»Bin ich zu schnell?«

»Nein. Bin ich zu langsam?«

Endlich oben angekommen bedankte sie sich noch einmal mit einem Lächeln, drehte den Kinderwagen geübt auf der Stelle, indem sie das Gewicht auf die Hinterräder verlagerte, und schob eilig davon.

Ich sah ihr hinterher. So eine Mutter hatte es schon schwer, immer ein Baby mit sich herumschleppen! Aber was kümmerte es mich? Ich zuckte die Achseln und lief die Treppe hinab, zwei Stufen auf einmal nehmend. So langsam es mit dem Kinderwagen hinaufgegangen war, so schnell ging es ohne Gepäck hinab.

Ariane warf die Arme um mich und begrüßte mich mit einem Kuss.

»Die gefiel dir wohl?«

Sie zupfte an meinem Oberlippenbärtchen.

»Wer? Die Mutter?«

»Ja. Die Frau.«

»Wie kommst du darauf?«

»Du hast sie so angesehen.«

»Hab ich nicht!«

Ich strich mein Bärtchen wieder zurecht.

»Hast du doch!«

»Hab ich nicht!«

»Macht doch nichts. Sie ist wirklich schön.«

Sie sah die Treppe hinauf, als könne sie die Frau dort noch entdecken. Dann drehte sie sich mit Schwung wieder zu mir und stampfte auf.

»Und jetzt will ich einen Schokoriegel, einen mit Karamell.«

Ich kramte mein Portemonnaie hervor, holte ein Markstück heraus und zog einen Riegel aus dem Automaten, der neben einer Bank auf dem Bahnsteig stand.

»Och, Carl. Du hast den falschen mitgebracht. Ich wollte Kokosnuss.«

»Du hast Karamell gesagt.»

»Nein, Kokosnuss!«

»Karamell!«

»Kokosnuss!«

»Karamell!«

Sie stemmte die Arme in die Hüften und tat empört.

»Na ja, die Klügere gibt nach. Karamell schmeckt auch ganz gut.«

Sie biss in den Riegel und sah sich vergnügt um.

»Ferien, endlich Ferien. Keine Schüler, keine Seminarleiter, keine Lehrproben und vor allem kein Wecker, der einen um sechs Uhr morgens aus dem Schlaf reißt. Weißt du, Carl, manchmal denke ich daran, den ganzen Kram hinzuschmeißen. Warum soll ich ausgerechnet *Lehrerin* werden?«

»Weißt du was Besseres?«

»Nö.«

»Na also.«

»Wie? Na also?«

»Na, wenn …«

Ich gab auf.

»Ich will noch ’nen Schokoriegel. Diesmal einen mit Karamell!«

»Den holst du aber selber.«

»Wieso?«

»Weil du jüngere Beine hast.«

»So ’n Quatsch. Ich werde übermorgen dreißig. Du bist genau …« – sie zählte es mir an den Fingern vor – »du bist fünf Jahre jünger. Außerdem …« – sie tippte mit dem Zeigefinger gegen meine Brust – »kannst du ruhig mal Kavalier spielen.«

Ich holte ihr eine Tüte Gummibärchen und überreichte sie mit einem fiesen Grinsen.

»Da.«

»Ooh, Gummibärchen! Die hab ich als Kind immer genascht, wie lieb von dir!«

Sie gab mir einen Kuss auf die Wange, riss die Tüte auf und steckte mir einen giftgrünen Gummibären in den Mund. Ich fasste ihre Hüften und sah ihr in die Augen. Ihr Blick öffnete sich, ihre Augen wurden weich und zärtlich, bis sie auf einmal wieder aufblitzten.

»Verlauf dich nicht, Kleiner!«

Sie befreite sich und drehte sich um.

»Da kommt er!«

Langsam fuhr der Zug in die Bahnhofshalle ein. Es war der RegionalExpress nach Travemünde, ein Bummelzug also.

Wir erstürmten das Abteil. Ich warf unsere Rucksäcke auf die Gepäckablage.

»Nein, nicht dort. Wir müssen in Fahrtrichtung rechts sitzen. Da kann man besser gucken. Da sehen wir die Trave und die Vorderreihe.«

Die Vorderreihe ist ein schmaler Streifen Travemünder Altstadthäuser.

Also setzten wir uns auf die andere Seite ans Fenster. Ariane zog ihre Schuhe aus und legte ihre Füße neben meine Hüften auf den Sitz. Ich fasste nach ihren Fußgelenken. Eine Dame blickte ganz echauffiert.

»Das gehört sich nun aber wirklich nicht!«, sagten ihre missbilligend hochgezogenen Augenbrauen und der verkniffene Mund.

Ariane und ich sahen einander in die Augen und lachten.

Der Zug fuhr schwer und behäbig an und nahm langsam Fahrt auf. Wir verließen die Bahnhofshalle und fuhren aus Lübeck hinaus. Das gleichmäßige Ruckeln des Zuges beruhigte. Die Felder waren wundervoll nichts sagend, einfach nur plattes norddeutsches Land, so weit das Auge reichte. Da wäre ich jetzt gern spazieren gegangen. Keine aufdringlichen Berge, die sich protzend gegenseitig überragen. Kein Echo, wenn man etwas hinaus ins Land ruft, einfach nur der ruhige, alles besänftigende Wind. Andere, die Gebirge gewöhnt waren, konnten bei solch einem Anblick in Depressionen verfallen. Ich fühlte mich gut. Ich sah aus dem Fenster und konnte meine Gedanken ungestört schweifen lassen.

»Carl?«

»Ja.«

»Was war das für ein Brief heute Morgen?«

»Ein Liebesbrief.«

»Zeig her! Zeig her! Wie heißt das Weib?!«

Ich kostete noch einen Moment ihre Eifersucht, zog den Brief aus meiner Jackentasche und wendete ihn hin und her.

»Der ist von Wolf. Ich hab ihn noch gar nicht geöffnet.«

Er war beim Transport leicht zerknittert worden. Das hätte Wolf nicht sehen dürfen, denn er benutzte allerfeinstes

Papier. Es war hauchzart und der Brief war unsagbar leicht. Ich öffnete den Umschlag, zog das Blatt heraus und las.

»Was schreibt er denn so?«

»Er schreibt, mein Gedicht hat Substanz, ist für einen Anfänger nicht übel, hat aber noch nichts Eigenes. Er schreibt, er glaubt, ich habe das Zeug zum Schriftsteller. Er meint aber, dass ich auf dem Weg dorthin alt werde, so alt wie er.«

»Wie alt ist Wolf eigentlich?«

»Neunundvierzig. Da müsste ich ja noch vierundzwanzig Jahre warten! Er rät mir, ich soll mir nach dem Studium erst einmal einen Brotberuf suchen.«

»Klingt vernünftig.«

»Ja, leider. Er schreibt, dass er uns in Travemünde besuchen will. Übermorgen kommt er.«

»Weiß er, dass ich Geburtstag habe?«

»Nein, ich glaube nicht. Er macht sich nicht viel aus Geburtstagen.«

Ich sah aus dem Fenster und dachte an Wolf. Er war so eine Art Vaterersatz für mich. Weil mein leiblicher Vater und ich einander nach der Scheidung meiner Eltern aus den Augen verloren hatten, hatte ich mir einfach einen anderen gesucht. Natürlich nur vom Feinsten, es musste schon ein Schriftsteller sein.

»Carl?«

»Ja.«

»Jetzt könnte ich einen Kaffee gebrauchen. Du hast doch nicht vergessen, Kaffee für die Fahrt zu kochen?«

Der Zug beschleunigte, Bäume preschten vorbei, Zweige schlugen ans Fenster, und das Licht, das zwischen ihnen ins Abteil drang, wechselte hektisch und warf ständig neue Schatten auf Arianes Gesicht. Plötzlich zeigte sie nach draußen.

»Oh, guck mal, die Trave! Da, guck mal raus!«

Ich sah immer noch sie an. Jetzt schien die Sonne ungehindert in ihr Gesicht.

»Sag mal, interessierst du dich gar nicht für die Landschaft? Da draußen, ja, da, das ist die Trave! Sie fließt zum Meer, Kleiner. Sie hat den gleichen Weg wie wir.«

Wir fuhren vorbei an Anlegeplätzen, wo Segler ihre Boote schon winterfertig machten. Andere tuckerten mit ihrem Außenborder die Trave entlang in Richtung Ostsee, wo sie die Segel setzen und noch einmal einen sonnigen Herbsttag genießen würden.

»Was ist denn nun mit dem Kaffee?«

»Ich hab …«

»Du hast ihn vergessen! Typisch Mann!«

»Ich dachte, du …«

»Ich? Wieso? Na, macht nichts, Kleiner, dann kochen wir welchen, wenn wir im Ferienhaus sind. Sag mal, Carl, magst du das auch so gern, mit einem Kaffee in der Hand von der warmen Stube aufs kalte Meer gucken?«

Ich hatte ein Stück türkische Knoblauchwurst bei mir und natürlich ein Schweizer Messer, um sie zu schneiden. Ariane war begeistert.

»Mhm, lecker! Wo hast du die denn gekauft?«

Die Schaffnerin kam, die Mütze keck auf dem Bubikopf, sah auf mein Messer und pfiff ›Mackie Messer‹, während sie unsere Fahrscheine abknipste. Es knisterte kurz, als wir uns in die Augen sahen. Ich lächelte und sie lachte freundschaftlich Ariane an und ging weiter.

Am Skandinavienkai hielten wir für wenige Minuten. Riesige weiße Fährschiffe schluckten Passagiere, Pkw und Lastwagen. Oder spuckten sie aus – je nachdem, ob das Schiff ab- oder anlegte. Die *TT-Line* fuhr von Travemünde nach Trelleborg, von Deutschland nach Schweden.

Es wurde laut im Abteil. Eine Reisegruppe, die mit der Schwedenfähre gekommen war, verteilte sich auf die freien Sitze.

»Sie haben es aber gut!«, rief eine Frau.

Ihr Mann trottete hinter ihr her, in der einen Hand den Koffer, in der anderen die Reisetasche und um den Hals ihre Handtasche.

»Sie haben es aber gut! Sie haben einen Fensterplatz!«

Wir schenkten ihnen unsere Plätze. Es dauerte eine Weile, bis sie ihr Gepäck verstaut und sich gesetzt hatten.

»Ist das vorn, Erwin? Ich möchte in Fahrtrichtung sitzen!«

Endlich saßen sie und wir setzten uns daneben.

»Ich weiß, warum Sie uns Ihre Plätze überlassen haben«, platzte es aus ihr hervor. »Am Fenster ist es kalt!«

Wir tauschten zurück. Sie war immer noch nicht zufrieden. Jetzt behagte es ihr offenbar nicht, im Gang zu sitzen; immer wieder sah sie nervös über die Schulter. Ich stand auf und riss das Fenster – es klemmte zunächst – mit einem lauten Ruck herunter. Der Ehemann zuckte zusammen.

»Es zieht! Es zieht!«, rief nun seine Gattin.

Ariane und ich hängten die Köpfe zum Fenster hinaus. Das Rattern der Räder und der Wind, der uns um die Ohren pfiff, überdeckten ihr Gequengel. Ariane streckte den Arm aus.

»Da, guck! Die Vorderreihe!«

Ein nicht besonders kalter, aber erfrischender Wind kam uns entgegen. Es roch nach Meer. Vor uns auf dem Arm seines Frauchens hielt ein Dackel seine Nase aus dem Fenster. Seine langen Ohren flatterten im Wind. Er sah aus, als ob er vor Freude lachte.

Hinter der Vorderreihe erhob sich aufdringlich das *Monoton*, ein Hochhaus, mehr als dreißig Stockwerke. Es war nicht bombastisch, aber doch ein Ungetüm. Nüchtern und selbstgefällig thronte es über dem Ferienort. Es hatte keine auffällige Architektur. Es war grau, glatt und schlank und hatte unzählige Fenster. Es brauchte nicht zu prahlen. Es war nicht zu übersehen. Ein Journalist hatte in einem Reisebericht geschrieben, in Travemünde *müsse* man im *Monoton* wohnen, denn dies sei der einzige Ort, von dem aus man das *Monoton* nicht sehen könne. Für das *Monoton* hatten sie, als ich sechs Jahre alt war, einen Spielplatz geopfert.

Der Zug bremste ebenso schwerfällig, wie er angefahren war.

»Travemünde Hafen!« Ein Lautsprecher rief aus, was wir bereits auf dem morschen Holzschild gelesen hatten und ohnehin wussten.

»Wollen wir hier raus, Carl?«

»Ja, schnell!«

Der Zug fuhr weiter bis zum Strand. Aber wir gingen gern die Vorderreihe entlang und durch den kleinen Yachthafen an der Travepromenade. Außerdem gab es bei *Niederegger* so leckere Sachen!

Wir griffen unsere Rucksäcke und sprangen im letzten Moment heraus; da fuhr der Zug auch schon an. Wir liefen durch die Gassen und Straßen der Travemünder Altstadt, an schiefen Fachwerk- und kleinen Backsteinhäusern vorbei, zur Vorderreihe. Die Vorderreihe, die zur Altstadt gehört, ist die Haupteinkaufsstraße Travemündes, jedenfalls für uns Touristen.

Die Holzbank, die den ganzen Sommer vor dem Café und Marzipangeschäft gestanden hatte, war noch da. Erst im Winter würden sie sie hereinholen. Heute zeigte das Thermometer im Schaufenster des Optikers zwanzig Grad an. Manch verregneter Sommer war kälter gewesen.

Zwei Jugendliche saßen auf einer Bank am kleinen Hafen inmitten der Schwäne, die mit majestätischem Gang und kampfbereitem Blick demonstrierten, *wessen* Revier dies war.

Die Autofahrer bremsten, wenn ein Schwan die Straße betrat, und Passanten, die einkaufsfreudig die vielen Schaufenster der kleinen Geschäfte betrachteten, wichen aus, wenn ein Schwan daherstolzierte.

Niemand wollte die Schwäne verärgern, auch wir nicht. Aber nun mussten wir doch darauf bestehen, dass der Schwan vor dem Eingang zum Marzipangeschäft Platz machte.

»Husch! Husch!«, scheuchte Ariane ihn weg und imitierte seinen stolzen Blick.

Der Schwan spreizte die Flügel ein wenig und rannte fauchend auf Ariane zu; sie wich zur Seite aus und holte erst einmal tief Luft.

»Meine Güte! Der ist aber humorlos!«

Jedenfalls konnten wir jetzt eintreten.

Willkommen bei *Niederegger!*

In den Regalen lag Lübecker Marzipan in allen erdenklichen Formen und Geschmacksrichtungen. Sogar Ingwer-Marzipan gab es!

Der Eisstand hatte bereits geschlossen und nur noch die blank geputzten Metallbehälter, in denen das Eis gewesen war, erinnerten an den Sommer, an Urlauber, die in Shorts und T-Shirts bei dreißig Grad im Schatten geschwitzt und Eis geschleckt hatten.

»Komm, kauf mir ein paar Pralinen! Bitte, bitte!« Sie faltete die Hände und machte ein Kleinmädchengesicht. Die Verkäuferin hinter dem Tresen, sie war vielleicht fünfzehn, halb so alt wie Ariane, Lehrmädchen wahrscheinlich, das modernere Wort »Auszubildende« hätte für das Traditionscafé nicht gepasst, die junge Verkäuferin lachte, setzte aber gleich wieder ihr Erwachsenengesicht auf.

»Geben Sie mir bitte zwei davon und zwei davon und zwei davon.«

Ich drückte einen Finger an die Scheibe vor den jeweiligen Sorten, Mandel in Nougat, Sahne-Krokant, Champagnertrüffel. Sechs Pralinen, achtzig Gramm für sechs Mark. Dafür hätte man in einem Supermarkt ein gutes Pfund Schokolade bekommen. Aber eben keine Champagnertrüffel!

Wir stellten uns ans Fenster und ließen, auf die Trave schauend, Stückchen für Stückchen unter innigem Luststöhnen langsam und vorsichtig auf der Zunge zergehen. Was für ein Leben! Ich kaufte noch ein Tütchen Champagnertrüffel für Wolf. Der war auch ein Naschkater.

»Ariane?«

»Ja.«

»Was denkst du?«

»Ooch nichts.«

»Na los, sag schon!«

»Ich hab an gar nichts gedacht, nichts Besonderes jedenfalls.«

»Du hast an Schule gedacht, stimmt's?«

»Ja, leider. Aber die Arbeit wollen wir ganz schnell vergessen. Wir haben Ferien!«

2

Es war schön, mit leichtem Gepäck zu reisen! In den Ferien reichte ein Handtuch, wo wir alltags jeder drei verbrauchten. Wir hatten gar keines mit. Denn Handtücher und Bettwäsche würde es in dem Ferienhaus schon geben. Außerdem lohnte es nicht, allzu viel hierher zu schleppen. Es gab ja alles zu kaufen! Und es kitzelte so lustig, wenn das wenige Geld, das wir bei uns hatten, uns wie Sand zwischen den Fingern hindurchrieselte.

Wir gingen die Travepromenade entlang. Travemünde hat zwei Promenaden, eine lange, breite am Strand und eine kurze, schmale, die vom Ort zur Travemündung führt.

Die kleinen Bäuche der Segelschiffe wurden von den Wellen geschaukelt, während die Masten lustig in der Luft tanzten. Auf der anderen Seite der Trave ruhte im Priwallhafen die *Passat,* ein Viermaster ganz aus Stahl.

Die *Passat* war 1911 bei *Blohm & Voss* in Hamburg vom Stapel gelaufen. Sie war das Wahrzeichen Travemündes. Auf T-Shirts war sie verewigt, auf Sommerhüten und Regenschirmen, auf Porzellantellern und Papierservietten. Sogar einen Sekt gab es, auf dessen Etikett die *Passat* abgebildet war.

Aber Ariane hatte bereits etwas anderes entdeckt. »Oh, guck mal, ein Butterschiff. Komm, wir machen eine Butterfahrt! Oh ja, wir machen eine Butterfahrt!«

»Später.«

»Och, nichts darf man!«

Sie kickte ein Steinchen weg, das auf dem Weg gelegen hatte und nun ins Wasser platschte. Gleich drei Enten schwammen aufgeregt zu der Stelle, wo der Stein, der längst untergegangen war, noch Kreise zog.

Die Enten hatten wohl Brot vermutet. Aber das Füttern der Wasservögel war verboten, und wir hielten uns daran – meistens jedenfalls.

Ariane blieb am Ufer stehen und schaute mit gesenktem Kopf aufs Wasser. Ich legte meine Hand auf ihre Schulter.

»Was hast du denn?«

»Nichts.«

»Na komm!«

»Nö.«

Ich knuffte sie in die Schulter.

»Komm, wir wollen aufs Schiff!«

Sie sah auf und ihr Gesicht erhellte sich.

»Au fein! Wir machen eine Butterfahrt!«

Sie griff nach meiner Hand und wir liefen über den Holzsteg der Kaiserbrücke zum Schiff. In einer Viertelstunde sollte es ablegen. Vor dem Schiff, es hieß, wie sollte es anders sein, *Paloma*, saß an einem Tisch ein dicker Mann und kassierte.

»Zwei Karten, acht Mark.«

»Was, acht Mark?! Wie viel macht das in Pralinen?«

Ich hielt ihm die Tüte hin. Er schüttelte den Kopf. Er nahm nur Bargeld. Acht Mark war ein stolzer Preis. Ich sah die Champagnertrüffel, die ich davon hätte kaufen können, vor mir, spürte schon, wie ich hineinbiss, wie die Schokoladenumhüllung – weiße Schokolade – zwischen meinen Zähnen aufbrach und die Champagnertrüffelcreme auf meiner Zunge zerging.

»Ja, gibt es denn keine Studentenermäßigung?!«

Es gab eine und wir zahlten die Hälfte. Ariane war zwar keine Studentin mehr, aber sie sah jünger aus als eine dreißigjährige Referendarin. Studentenausweise wollte der Mann zum Glück nicht sehen.

Wir betraten das Schiff und liefen nach oben aufs Achterdeck. Eine dicke, schwarze Wolke hatte sich vor die Sonne geschoben, der Wind blies nun stärker, ein wenig Fahrtwind würde dazukommen, aber wir wollten auf jeden Fall draußen bleiben. Ariane holte ihren warmen Pullover aus dem Rucksack, zog ihn unter ihre rote Windjacke und setzte sich. Sobald die Sonne hinter Wolken verschwand, wurde es schlagartig herbstlich kalt.

Zum Aufwärmen ging ich uns zwei Rum-Grog holen. Als ich zurückkam, brach Ariane in Begeisterungsschreie aus. Aber sie sah an mir vorbei. Ich drehte mich um. Ihre Freundin Maike war mit Mann Matthias und Sohn Victor die Treppe heraufgekommen.

»Na, das ist ja eine Überraschung!«

So klein war die Welt – oder zumindest dieser Teil von Norddeutschland. Der kleine Victor war jetzt ein halbes Jahr alt und lachte uns an.

Ariane umarmte erst Maike zur Begrüßung, dann Matthias. Als sie Matthias in die Arme schloss, wurde ich eifersüchtig, denn ich sah, wie sie wohlig erschauerte, als er zur Begrüßung seine Hand in ihren Nacken legte.

Ariane nahm den Kleinen auf den Arm.

»Dududu.«

Er antwortete: »Dadada.«

Ich unterhielt mich mit Matthias. Wir interessierten uns beide für Literatur. Er war aber ganz anders als sonst, war unkonzentriert, antwortete nicht wie früher aus Interesse, sondern aus Höflichkeit und sah immerzu seinen Sohn an:

»Guck mal, jetzt drückt er! Süß, nicht?«

Auch Ariane und selbstverständlich Maike fanden es süß, wie Victor drückte und vor Anstrengung rot anlief.

»Mmh! Mmh!« machte er und sah aus, als verrichte er eine wirklich ernst zu nehmende und gewichtige Arbeit.

»Oh, darf ich ihm eine Windel machen?!«

Ariane hüpfte aufgeregt. Sie und Maike verschwanden in Richtung Toilette. Ich gab Matthias Arianes Rum-Grog, der nur noch lauwarm war. Wir tranken. Matthias erzählte von Victor. Er konnte schon »baba« sagen und Matthias wartete darauf, dass er das erste Mal »Papa« sagte. Er konnte Matthias schon ins Gesicht kneifen und mit Unterstützung fünfundzwanzig Sekunden lang stehen. Er versuchte seine ersten Schritte an Papas Hand, war selbstverständlich viel weiter als alle anderen Kinder in seinem Alter und federte bereits in den Knien. Gestern hatte er Matthias angepiescht, mitten ins Gesicht.

»Zu und zu süß!«

Matthias grinste stolz.

Das Schiff legte ab, fuhr ein kurzes Stück die Trave entlang und dann hinaus aufs Meer. Die Möwen begleiteten uns und kreischten und lachten. Sie waren wild. Ich hatte Respekt vor ihnen. Ariane und Maike kamen zurück und beschwerten sich über den engen Toilettenraum.

»Und einen Wickeltisch haben sie auch nicht!«

Ariane, Maike und Matthias sprachen über Kinder, über harten und weichen Stuhlgang, über Möhrchenbreiflecken und die ersten Zähne. Victor und ich beobachteten währenddessen eine Möwe. Sie war ganz frech an Bord gekommen und pickte ein Stück Weißbrot auf. Ich kaufte am Kiosk ein Würstchen mit Brot, gab Victor die Wurst zum Lutschen und fütterte mit dem Brot die Möwen.

Ich wusste, dass es für Möwen nicht gut war, gefüttert zu werden, schon gar nicht mit labberigem Weißbrot, aber ich musste einfach ihre Flugkünste testen. Sie waren Artisten! Ich warf ein Stück Brot in den Wind und eine Möwe fing es im Flug, verlor dabei an Höhe und startete kurz über den Wellen wieder durch. Das Sportflugzeug, das seine Kringelchen in den Himmel malte, war plump und ungeschickt dagegen.

»Pass auf!«

Ariane zeigte auf Victor.

»Er hat ein Stück Wurst abgebissen!«

Geistesgegenwärtig fuhr Matthias mit dem Zeigefinger in Victors Mündchen und holte die Wurst heraus.

»Das darfst du ihm nicht geben!«, sagte Ariane empört. »Der verschluckt sich doch!«

Victor und ich sahen sie erschrocken an. Mit den unteren Schneidezähnen, seinen ersten und bisher einzigen, hatte er von der Wurst abgebissen, war aber nicht fähig gewesen, die Beute zu zermahlen.

Matthias hielt mir einen Vortrag über das Zahnen. Auf der Rückseite eines Bierdeckels entwarf er eine Zeichnung, ein Kindergebiss mit Nummern an den Zähnen: Als Nächstes würde Victor die ersten oberen Schneidezähne bekommen, Matthias schrieb eine Zwei daneben, dann die zweiten oberen Schneidezähne, die unteren zweiten Schneidezähne, dann erst die ersten Mahlzähne, danach die Eckzähne und erst am Schluss die für das Zerreiben des Würstchens so wichtigen zweiten Mahlzähne. Zwanzig Zähne in zehn Zweierschritten, und fertig war das Milchgebiss.

Matthias wollte den Bierdeckel knicken und wegwerfen, er hatte seinen Zweck erfüllt, aber Ariane nahm ihn an sich und steckte ihn in die Jackentasche.

Der Lautsprecher verkündete, dass wir nun in der Dreimeilenzone seien und zollfrei einkaufen dürften. Aber wir waren nicht zum Einkaufen aufs Butterschiff gekommen.

Nur eine Postkarte nahm ich. Ein Seepferdchen war darauf zu sehen. Die wollte ich Wolf schicken, auch wegen des hübschen Seepferdchengedichtes von Ringelnatz, das abgedruckt war. Aber dann war ich doch zu faul zum Schreiben. Wozu auch? Wolf kam ja in zwei Tagen.

Ich sah aufs Meer, und die anderen lachten über Victor. Einmal gaben sie mir Victor, und ich genoss es sehr, wie er da so verschmust und schnurrend auf meinem Arm lag. Ich schnüffelte an seinem Haar. Es roch gut. Ich mochte Babys riechen. Jedenfalls wenn sie nicht gerade in die Windel gemacht hatten.

Die Fahrt dauerte eine knappe Stunde. Matthias mühte sich die meiste Zeit damit ab, Victor die Flasche zu geben. Einige Frauen beobachteten ihn. Ein Mann mit Baby, das kam offenbar an. Die Fahrt ging zu Ende, das Schiff legte am Kai an. Der Mann, der uns die Karten verkauft hatte, stand am Landungssteg, fing das Tau auf, das ihm ein anderer von Bord aus zuwarf, und machte fest. Wir verabschiedeten uns.

»Tschüs, Maike! Tschüs, Matthias! Tschüs, Victor!«

»Mach winke, winke, Victor!«

Das konnte er noch nicht.

»Vielleicht sieht man sich noch mal in Travemünde!«

»Bestimmt!«

Jetzt wollte ich endlich das Haus einnehmen, das uns für die nächsten zwei Wochen gehören sollte. Wir gingen die Trave entlang in Richtung Kurverwaltung. *Monoton*, Schwimmbad und Kurverwaltung bildeten einen zusammenhängenden Gebäudekomplex.

Wer im *Monoton* eine Wohnung mietete, konnte Urlaub machen, ohne das Haus zu verlassen. Die meisten Wohnungen hatten Meer- oder Traveblick. Und die drei beheizten Becken des Schwimmbades waren mit Meerwasser gefüllt. Das Schwimmbad hieß jetzt »Erlebnisbad«. Mit dem neuen

Namen gab es auch neue Preise. Was hatte sich sonst geändert? Drei Schwimmbecken hatte es auch vorher schon gegeben, ein Wellenbad, ein Thermalbad und ein Außenbad. Die Verpackung hatte sich geändert. Alles war etwas schicker geworden. Eine neue Wasserrutsche und eine neue Cafeteria waren gebaut worden. Die moderne gläserne Architektur wirkte heller und offener.

Das *Monoton* steht an der Stelle, wo die Trave in die Ostsee mündet. Es trennt das Kurviertel vom Ort. Wir blieben auf der Promenade stehen. Hinter uns das *Monoton*, vor uns das Meer.

Das Meer.

»Hallo, Meer! Da sind wir wieder! Wir haben dich vermisst!«

Wir rannten an den Strand, warfen unsere Rucksäcke hin und spielten Kriegen. Sie ließ sich fangen und küssen. Dann hoben wir die Rucksäcke wieder auf und gingen ein Stück am Wasser entlang. Ariane holte Schwung, um mich in den Sand zu schubsen. Ich wich aus, und sie landete selbst dort. Wir lachten. Ich wollte ihr aufhelfen.

»Ph, ich kann alleine aufstehn!«

Sie tat beleidigt, ging ohne mich weiter und wackelte dabei mit dem Arsch. Ich setzte mich auf einen Stein, holte mein Tagebuch heraus und schrieb. Sie drehte sich um und kam zurück.

»Immer schreibst du!«

Ich schrieb weiter.

»Was schreibst du bloß immer?«

Ich strich ein Wort aus und setzte ein anderes ein.

»Bestimmt schreibst du, dass ich dich in den Sand werfen wollte und dabei selbst hingefallen bin. Schreibst du das?«

Ich las ihr vor, was ich geschrieben hatte:

»Wiegen die Hüften der Ariane
– sie geht auf weichem Sand –,
wiegt auch die Schlange
um den Bauch der Ariane,
die auf den Hüften liegt,
sich an Ariane schmiegt,
wie jeder Mann wohl
bei Ariane liegen möchte.«

Sie gab mir einen Kuss. Ich nahm sie in den Arm. »Ich möchte mit dir schlafen.«

»Da wirst du dich wohl noch gedulden müssen, Kleiner. Erst wird der Schlüssel geholt!«

Die Frau von der Kurverwaltung war kaum zu sehen. Unter einem Berg von Akten bearbeitete sie die Erholungsgesuche der Urlaubsreifen. Dieser wollte eine Wohnung mit Meerblick, jener eine mit Kinderzimmer. Eine Garage oder einen Stellplatz wollten fast alle. Wir nicht.

Sie lächelte tapfer, als auch wir sie noch beanspruchten, und begrüßte uns freundlich.

»Guten Tag. Auch mal wieder hier? Sie haben aber schönes Wetter mitgebracht. Die letzten drei Tage hat es nur geregnet.«

Ich sah zum Fenster hinaus. Die Herbstsonne war wieder durchgekommen und strahlte unermüdlich Optimismus aus. Die Frau von der Kurverwaltung gab uns die Schlüssel und erklärte, wo das Haus lag.

»Direkt an der Promenade, zehn Meter vom Strand, wissen Sie, das kleine Haus mit dem blauen Dach.«

Sie schaute uns lächelnd, aber mit müden Augen an. Urlauber in Travemünde sein oder ebendiese Urlauber betreuen, das waren zwei ganz verschiedene Dinge. Sie arbeitete, damit wir entspannen konnten.

Sie ging mit uns an die Kasse. Ich zahlte die Miete fürs Ferienhaus. Sie nahm uns außerdem so viel Kurtaxe ab, dass wir uns von dem Geld für die ganzen Ferien mit Champagnertrüffeln hätten eindecken können. Nun würde die wohl jemand anderes naschen.

Wir gingen hinaus.

»Puh! Ist dir auch so warm, Kleiner?«

»Ja.«

Wir zogen unsere Jacken aus.

»Ooch, schade, gar keine Strandkörbe mehr!«

Ariane liebte Strandkörbe. Sie hätte sich am liebsten einen ins Wohnzimmer gestellt. Ich konnte darauf verzichten. Jetzt, da die Strandkörbe abgeräumt waren, war der Strand wunderbar weit und leer. Die Sandburgen waren verweht und nur ab und an erinnerten kleine Mondkrater noch an sie. Auf der Promenade hatten sie Flaggen gesetzt, die laut im Wind flatterten. Am Horizont tauchte ein Dampfer auf

»Bist du auch so gespannt auf das Haus?!«

Ja, das war ich. Ich war schon oft daran vorbeigegangen, aber ich war nie drinnen gewesen. Es war eins dieser Häuser, bei denen man nicht auf die Idee kam, dass man sie mieten könnte. Es hatte Persönlichkeit, hatte ungewöhnliche Ecken, Kanten und Winkel, ganz im Gegensatz zum *Monoton*. Das *Monoton* war ein schmales Rechteck mit einer langen Seite entlang der Trave und einer mit Blick auf die Lübecker Bucht.

Da vorn sahen wir unser Häuschen schon! Wir liefen darauf zu und blieben begeistert stehen. Es war wie für uns ausgedacht. Aber auch eine exzentrische Lady hätte mit ihren Katzen hineingepasst. Zwischen Villen stand ein kleines, hölzern verwachsenes Hexenhäuschen.

»Oh, wie süß!«

Ariane klatschte in die Hände.

»Seit wann kann ein Haus süß sein? Ich meine, wenn es kein Lebkuchenhaus ist.«

»Ach, du bist doof! Es ist ja ein Lebkuchenhaus! Siehst du das denn nicht?!«

Das Lebkuchenhaus hatte Außenwände in Schwedenrot, an denen Efeu hinaufrankte. Es hatte ein himmelblaues Dach und zum Meer hin eine Holzveranda. In den Gartenzaun waren die Wurzeln eines Baumes gewachsen, hatten ihn aufgebrochen und seine Stelle eingenommen. Um das Gartentor wucherte eine Kletterrose, die noch einzelne dunkelrote Blüten hatte. Ariane schnupperte:

»Oh, wie die duften!«

Die anderen Blüten lagen auf dem Weg verstreut. Wir gingen ins Haus und verteilten erst einmal unsere Sachen überall im Wohnzimmer. Unterhosen, T-Shirts, der warme Pullover, die Kekspackung. Wir waren Meister in der Fabrikation von Unordnung.

Ariane öffnete die Verandatür. Wir sahen aufs Meer.

»Ich will ins Bett. Du auch?«

Ja, die Seeluft hatte auch mich müde gemacht. Ich war ihr nicht gewachsen. Ich war schließlich das heimische Gemisch aus Blei, Kohlenmonoxid und Stickoxid gewöhnt, Stadtluft eben. Wir atmeten noch einmal tief ein, schlossen die Verandatür und gingen zu Bett.

Das Schlafzimmer war im ersten Stock, direkt unterm Dach. Ich schlief sofort ein, schlief tief und schwer und träumte eine ganze Menge wirres Zeug, träumte es mir aus dem Kopf heraus, um richtig Ferien machen zu können.

»Carl?« – »Carl?!« – »Caaarl!«

Jetzt war ich wach. Sie legte sich auf mich und streichelte mir über den Kopf.

»Carl …«

»Ja?«

»Carl, du …«

»Ja?«

»Du wolltest doch, vorhin am Strand …«

Sie griff in meine Schlafanzughose.

»Jetzt nicht.«

»Was! Du kneifst! Kommt gar nicht in die Tüte!«

Eine halbe Stunde später lagen wir wie hingeworfen auf dem Rücken nebeneinander, hielten Händchen und sahen ins Leere.

»Jetzt würde ich gern *rauchen*, Kleiner.«

Wir waren beide keine Raucher.

»Was wünschst du dir eigentlich zum Geburtstag, Ariane?«

»Ist doch zu spät.«

»Wie zu spät?«

»Na, ich hab übermorgen Geburtstag und du hast das Geschenk bestimmt längst gekauft.«

»Nö, ich muss morgen noch mal los.«

»Musst du nich!«

»Muss ich doch!«

»Musst du nich.«

»Wieso?«

»Weil …«

»Ja?«

»Weil … weil ich mir ein Kind von dir wünsche.«

»Was?!!!«

Ich saß senkrecht im Bett. Sie sah mich an, als würde sie mir die selbstverständlichste Sache der Welt erklären:

»Zu meinem dreißigsten Geburtstag wünsche ich mir ein Kind von dir.«

»Soll das ein Witz sein?!«

Jetzt zog sie die Beine an und igelte sich ein. Sie war verletzt. Sie bemühte sich, nicht zu weinen. Ich stand auf und kochte Kaffee. Als ich wiederkam, hatte sie rote Augen.

3

Wir tranken den Kaffee schweigend und sahen aufs Meer. Dahinten fuhr die *Nils Holgersson*, eine kleine weiße schwimmende Stadt auf der Ostsee. Die *Nils Holgersson* war das Schwesterschiff der *Peter Pan*. Seeschiffe waren immer weiblich. Nur Binnenschiffe konnten auch männlichen oder sächlichen Geschlechts sein.

»Gehen wir spazieren?«

Sie nickte stumm.

»Zur Steilküste?«

»Ja.«

Wir zogen uns an, nahmen die roten Windjacken vom Haken und schnürten die Wanderschuhe. Auf der Promenade kamen uns zahlreiche Spaziergänger entgegen. Die Herbstsonne hatte sie aus ihren Ferienwohnungen gelockt. Wortfetzen wehten zu uns herüber.

»Dem hab ich gesagt … völlig inkompetent … wenn er den Laden will, muss er uns auszahlen … dabei verstehe ich viel mehr vom Geschäft …«

Die meisten sprachen über unerfreuliche Dinge, Intrigen aus Beruf und Familie. Man musste lange spazieren gehen, um den Kopf auszulüften. Ein Rentnerpaar, beide weißhaarig, kam uns Arm in Arm völlig verschmust entgegen. Sie sprachen nicht. Sie sahen einander in die Augen.

Als die Promenade zu Ende war, gingen wir am Wasser weiter. Das gleichmäßige Plätschern der Wellen, die an die

Steine schlugen, beruhigte. Ich konnte mich gar nicht satt sehen am Meer. Es tat so gut, in die Ferne zu schauen. Es tat so gut, am Meer zu sein. Ich atmete tief ein. Ariane unterbrach mich nicht in meinen Gedanken.

Ich dachte an Vater, der vor kurzem gestorben war. Wir hatten es nicht geschafft, Freunde zu werden. Es war ein merkwürdiges Gefühl gewesen, jemanden zu verlieren, den man nie besessen hatte. Es hatte doppelt wehgetan. Und jetzt wollte Ariane, dass ich selbst Vater werde. Was hätte ich einem Kind geben können? Ich dachte an meine Kindheit. Solange Mutter und Vater verheiratet waren, fuhren wir fast jeden Sommer nach Travemünde.

Das Fenster der Ferienwohnung war geöffnet, ein lauer Sommerwind wehte herein und ich saß im Schneidersitz auf dem Teppich und las ein Piratenbuch. Vater und Mutter saßen auf dem braunen Sofa, dem Ferienwohnungs-Kordsofa, vorm Fernseher. Mutter strickte und Vater nuckelte an seiner Bierflasche. Sie saßen nebeneinander und sahen dumpf auf den Bildschirm. Es lief eine Liebesschnulze. Eine fesche Maid im Dirndl kokettierte gerade mit einem schneidigen Förster. Ich wäre gern am Meer spazieren gegangen, aber Vater und Mutter sahen sich lieber im Fernsehen die Berge an. Und allein durfte ich abends nicht mehr hinaus.

Ich stand auf und sah aus dem Fenster. Wir hatten keinen Meerblick, aber ich bildete mir ein, die Ostsee zu sehen. Ich sah in Gedanken die Ostsee. Und die Ostsee war wild und rau. Und das Schiff, das im Hafen noch so gewaltig ausgesehen hatte mit seinem mächtigen Rumpf und seinen vier Masten, das Schiff war nur noch eine mickrige Nussschale im Meer. Und ich war Schiffsjunge auf dieser Nussschale! Und ein heftiger Sturm peitschte die See! Und Neptun lachte! Und ich hatte Angst. Aber als Schiffsjunge auf einer Nussschale in der Hand Neptuns, das war immer noch besser als fernsehen mit Eltern.

Ariane ging schweigend neben mir. Wir gingen die schmale Treppe hinauf zum Brodtener Steilufer. Ein kleines Wäldchen war hier. Die Bäume waren noch grün, aber einzelne Blätter waren schon gelb und rot. Der Herbst hatte begonnen, an ihnen herumzuknuspern. Er hatte es nicht eilig, nach und nach würden ihm sowieso alle Blätter gehören. Entwurzelte Bäume lagen am Strand und das Meer umspülte ihre Kronen. Ich unterbrach unser Schweigen.

»Der kleine Victor, stimmt's?«

»Ja.«

»Der hat's dir angetan, ja?«

»Genau.«

Wir gingen weiter. Ich hielt ihr einen langen Vortrag über Kinder und was für eine Verantwortung das sei und wie man in dieser Welt noch Kinder haben könne und dass, wenn überhaupt, es nicht der richtige Zeitpunkt sei, ich sei ja noch im Studium und sie im Referendariat, und außerdem …

Sie ging schweigend neben mir her.

»Was meinst du denn zu dem, was ich sage?«

»Du hast Recht. Deine Argumente leuchten mir ein.«

Ich konnte nicht glauben, dass sie so schnell aufgab. Wieder schwiegen wir eine Weile.

»Es ist nur …«

»Ja.«

»Es ist bloß so ein Gefühl.«

»Was für ein Gefühl?«

»Na, schwer zu beschreiben.«

»Versuch's.«

»Vorhin mit dir, das war so ein schönes Gefühl, ganz warm, ganz tief im Bauch. Und da dachte ich auf einmal: Au ja, schwanger werden!«

Sie blieb stehen und sah zu mir. Ich sah hinaus aufs Meer.

Eine Frau wollte schwanger werden. Da konnte ich als Mann nicht mitreden.

Wir gingen weiter. Zum Land hin lagen Felder, zum Meer hin die Steilküste. Der Wind hüllte uns ein und alles, was wir sprachen. Sie sprach. Ich hörte zu. Sie sprach sehr ernst. Sie erzählte, dass sie einmal eine Familie haben wollte. Sie wollte nicht allein sein. Aber Ariane sah auch die andere Seite der Medaille, scheute ebenso wie ich die Verantwortung und den Verlust von Freiheit. Als sie mein bedrübbeltes Gesicht sah, lachte sie auf einmal wieder. Sie zupfte an meinem Schnäuzer und gab mir einen Stups auf die Nase.

»Schließlich, Kleiner, wollen wir ja auch noch was erleben!«

Was erleben, die Art, wie sie das sagte, machte mir Angst. Sie gab mir einen Klaps auf den Po und rannte davon.

»Warte, du freches Biest, dich krieg ich!«

Sie ließ sich fangen. Wir rauften und schmusten. Auf der Hermannshöhe setzten wir uns auf eine Bank.

»Ariane?«

»Carl?«

»Wir haben ein schönes Leben.«

Sie sah mich an. »Ja, das haben wir.«

Der Himmel, die weißen Wattewölkchen, die der Wind treibt, das Meer, dessen Geruch herüberweht, das Plätschern der Wellen, träumen und dösen, dösen und träumen.

Ariane sprang auf und klatschte in die Hände.

»Komm, Kleiner, ich will weiter!«

Wir kamen an einem Häuschen vorbei, das am Rand der Steilküste stand.

»Nein, wie romantisch! Da wohnen ja tatsächlich welche drin! Hier würde ich auch gern leben, direkt am Meer! Es muss wundervoll einsam sein!«

»Ja, wundervoll einsam, wenn man mal von einigen tausend Spaziergängern absieht, die ebenso laut schnatternd wie du hier vorbeimarschieren.«

»Ach, du verstehst mich nicht, Carl. Du bist ein Holzkopf, völlig unromantisch!«

»Was ist romantisch daran, wenn einem das Meer den Boden unter den Füßen wegfrisst?«

Das Haus stand dicht am Abhang. Das Meer und der Regen höhlten die Steilküste Jahr für Jahr weiter aus und so fraß sich das Meer zum Häuschen vor. Ariane gab auf. Mir war nicht zu helfen.

»Du bist völlig verkopft, Carl!«

»Und du bist verbaucht!«

»Bin ich nicht!«

»Bist du doch!«

»Nicht!«

»Doch!«

»Bin ich nicht-nicht-nicht!«

Sie hüpfte um mich herum und zeigte mir eine lange Nase. Dann wollte sie Arm in Arm weitergehen.

Eine Gruppe Nonnen kam uns entgegen. Sofort fielen mir Dutzende von Nonnenwitzen und Karikaturen ein. Am geläufigsten war wohl der Vergleich mit Pinguinen wegen der schwarzweißen Tracht. Irgendwie flößten die Nonnen mir aber auch Respekt ein. In ihrer Entscheidung, sich in ein Kloster zurückzuziehen, lag so etwas wie Würde. Waren diese Nonnen würdevoll? Sie waren in erster Linie jung. Ariane und ich sahen einander an. Ich grinste.

»Schade, nicht? So hübsche Frauen! Welche Vergeudung!«

»Ich finde es eher schade, wenn sich eine Frau an einen Mann verschwendet!«

»Und warum wirst du dann nicht Nonne?«

»Hab ich noch gar nicht drüber nachgedacht! Keine so schlechte Idee eigentlich!«

Sie reckte die Nase in Richtung Himmel. Plötzlich lachte sie, hakte sich bei mir ein, legte den Kopf schräg und schaute mich an.

»Aber dann musst du mich ab und zu im Kloster besuchen kommen!«

Jetzt konnte man schon den Strand von Niendorf sehen. Gleich würden wir da sein. Zwei Radfahrer kamen uns schwer bepackt entgegen. Ein Dackel hechelte um die Ecke, sein Frauchen im Schlepptau.

»Waldi! Waaaldi! Waldi!! Wirst du wohl!!! Waldi, du darfst heute nicht fernsehen!«

Ein kleiner Weg zwischen Hecken wendelte sich hinab zum Strand. Am Wasser standen Mütter bei ihren Kindern, die in Gummistiefeln vorn im Meer herumpatschten. Irgendwo hier war ein Müttererholungsheim.

»Pitse-patse, pitse-patse!«, rief ein kleines Mädchen begeistert. Sie konnte sicher noch nicht lange laufen.

»Na, die hat dich aber angesehen!«

»Wer? Das Kind?«

»Nee, die Mutter. Ganz ausgehungert. Du wirst aber nicht verliehen!«

Schade, das hatte ich nicht mitbekommen.

Wir suchten uns ein Café mit Blick auf die Lübecker Bucht und bestellten heiße Schokolade mit Sahne.

Am Nachbartisch saß ein Pärchen und aß Kuchen. Eine Mutter kam mit ihrer Tochter herein. Das Mädchen war etwa vier Jahre alt. Die Mutter zog dem Mädchen die Jacke aus.

»Hast du schon Guten Tag gesagt?«

Die Kleine sah das Pärchen mit großen Augen an.

Der Mann winkte.

»Hallo!«

Die Mutter packte das Mädchen an den Schultern.

»Gib die Hand! Sag Guten Tag!«

Das Mädchen sah schüchtern zu Boden.

»Wirst du wohl Guten Tag sagen!«

Der Mann lächelte gequält, ihm schien die Situation unangenehm zu sein. Er reichte der Kleinen kurz und schmerzlos zwei Finger.

»So, nun haben wir Guten Tag gesagt.«

Die Mutter ließ nicht locker. Ihre Stimme wurde ruhig und gefährlich:

»Sag Guten Tag!«

Ihre Tochter kniff den Mund zusammen.

»Wenn du nicht sofort Guten Tag sagst, kommst du ins Auto!«

Das Mädchen weinte.

»Jaja, es tut richtig weh, Guten Tag zu sagen, wie weh das tut, Guten Tag zu sagen!«

Das Mädchen wollte in den Arm genommen werden. Die Mutter stieß es von sich.

»Erst sagst du Guten Tag!«

Jetzt brüllte die Kleine verzweifelt. Immer wieder hob sie vergeblich die Arme in Richtung Mutter. Ich sah Ariane an, dass sie im Begriff war aufzustehen und der Frau ein paar Takte zu erzählen. Ich fasste ihren Arm.

»Lass es, du bist nicht im Dienst, Ariane. Es bringt auch nichts. Wenn du sie jetzt verärgerst, lässt sie es später nur an ihrer Tochter aus. Spar deine Energie für deine Schüler.«

»Du hast Recht.«

Ariane blieb sitzen. Die Mutter schleimte jetzt bei der Kellnerin.

»Ist Ihre Frisur neu? Die steht Ihnen aber ausgezeichnet. Nicht wahr?«

Sie sah zu dem Pärchen und die beiden nickten zurückhaltend. Sie bestellte für sich ein Kännchen Kaffee und eine

Karaffe frisch gepressten Orangensaft. Die Tochter bekam nichts. Sie hatte ja nicht Guten Tag gesagt.

»Mama, ich hab Durst.«

»Erst sagst du …«

Ariane sprang auf und giftete die Mutter an: »Gutentaggutentaggutentag! Bäääh!« Sie streckte die Zunge raus und verließ das Café.

Die Mutter war für wenige Sekunden sprachlos und begann schließlich sich aufzuregen.

»Jaja, Leute ohne Kinder wissen's immer besser!« Ich zahlte und folgte Ariane. Am Strand holte ich sie ein. Ich legte meine Hand auf ihre Schulter.

»Mensch, war die blöd!«

Sie holte tief Luft.

»Am liebsten hätte ich …«

»Ihr eine gescheuert?«

»Ja.«

Wir gingen am Wasser entlang. Der Blick aufs Meer beruhigte Ariane und besänftigte sie schließlich ganz. Wir sprachen nicht. Jeder folgte seinen Gedanken. Allmählich verschwanden auch die Gedanken und es blieben nur noch der Wind und das Meer.

Wir spazierten zurück nach Travemünde. Von einer Wanderung konnte keine Rede sein, dazu war die Strecke zu kurz, sie zu gehen dauerte höchstens eine Stunde und erforderte keinerlei Orientierungsvermögen. Immer die Steilküste entlang. Überflüssigerweise gab einem noch dazu das *Monoton* die Richtung an, das *Monoton*, das in den Himmel ragte und einem immer wieder zeigte, dass man auf dem Weg nach Travemünde war.

»Du, Carl?«

»Ja.«

»Was ist denn das für ein Licht?«

»Das ist der größte Leuchtturm der Welt.«

»Nee, ich meine das Licht auf dem *Monoton*.«

»Ja, steht im Werbeprospekt. Die haben Anfang der Siebziger das *Monoton* blöderweise genau vor den Leuchtturm gesetzt. Zum Ausgleich haben sie das *Monoton* zum Leuchtturm gemacht.«

»Das *Monoton* ein Leuchtturm, so 'n Quatsch!«

»Wieso?«

»Also, erst einmal ist ein Leuchtturm rund, meinetwegen achteckig, aber kein Rechteck. Und dann ist es einsam auf einem Leuchtturm. Warst du schon mal im *Monoton?*«

»Nee, Ariane, da kriegt mich keiner rein!«

»Also, das *Monoton* ist ein Ameisenhaufen, ein ständiges Gewirr in den Gängen, ein emsiges Auf und Ab, Hin und Her, Rein und Raus! Und einen richtigen Leuchtturmwärter, so einen – wie sagt man –, na, vom Wetter geschnitzten, mit Seemannsbart und Kautabak, einen waschechten Leuchtturmwärter eben, ja, so einen haben die bestimmt auch nicht!«

»Da wird schon irgendeiner das Licht warten.«

»Ja, irgendeiner. Aber der ist bestimmt nie um Kap Hoorn gesegelt!«

Trotzdem erfüllte das Licht seinen Zweck. Jetzt, da die Sonne, nachdem sie morgens über der Lübecker Bucht aufgegangen, dann ums *Monoton* herumgewandert war, um das *Monoton* herum, das nachmittags seinen schweren, kalten Schatten auf den Strand gelegt hatte, jetzt, da die Sonne über dem Land in kitschigem Rot unterging, sahen wir das Leuchtfeuer und folgten ihm.

Ich dachte, dass es gut war, dass sie zur Vernunft gekommen war. Das mit dem Kind hatte sie wohl doch nicht ganz so ernst gemeint.

Die Nacht war ein Ereignis. Alle zwei Stunden weckte mich Ariane.

»Carl?«

»Mm.«

»Carl?!«

»Mmm.«

»Carl!«

»Was ist denn?«

Ich war völlig verpennt.

»Guck mal, ein Schiff!«

Mühsam öffnete ich die Augen. In der Finsternis zog weit draußen eine Lichterstadt vorbei, ein Fährschiff. Es war bereits das dritte, das sie mir in dieser Nacht zeigte. Sie hatte ja Recht, es war schon toll, gemütlich im warmen Bett zu liegen und die Schiffe tapfer durch das kalte Meer ziehen zu sehen. So hatten wir auch nachts etwas von unserem Seeurlaub. Wir schliefen bei geöffnetem Fenster. Das Meer war bei uns.

4

Am Morgen schlich ich mich aus dem Haus, ich wollte nach einem Geschenk für Ariane suchen. Sie mochte Ohrringe. Ansonsten trug sie keinen Schmuck. Aber goldene Ohrringe hatte ich ihr letztes Mal schon geschenkt. Sie las gern englische Krimis. Aber ich wusste nicht, welche sie schon kannte. Mir fiel ein, dass sie sich bereits etwas anderes gewünscht hatte.

Diesmal war ich nicht in den Laden gekommen, um Champagnertrüffel zu kaufen. Ich war gekommen, um eine Bestellung aufzugeben.

»Zu heute Mittag schon? Das wird knapp! Versprechen kann ich da nichts. Aber wir können es versuchen.«

Ich kaufte Brötchen. Ich ging nicht durch den Hafen und auch nicht über die Strandpromenade. Ich ging quer durch den Ort und die Kaiserallee entlang. Dieser Weg war kürzer. Ich wollte mich beeilen. Die Brötchen waren ofenfrisch und noch warm. Ich hatte den Pullover ausgezogen und sie darin eingewickelt.

Vor dem Haus stand, nein, das konnte nicht sein, ich hatte Wolf erst morgen erwartet, vor dem Haus stand sein rotes Mercedes-Cabriolet, eigentlich ein komischer Wagen für einen linken Schriftsteller, noch dazu für einen ganz und gar nicht versnobten Schriftsteller wie Wolf. Sie saßen bereits auf der Terrasse.

»Da ist ja mein Abc-Schütze!«

Wolf winkte mir gönnerhaft zu.

»Hallo, Enkel Lenins!«, konterte ich. »Wie steht's mit der Weltrevolution?!«

Wolf streckte mir lachend die geballte linke Faust entgegen.

Ich wunderte mich noch immer über das Wetter. Lange hatte ich nicht mehr an einem Herbsttag im Freien gefrühstückt. Das Meer, ein leckeres Brötchen mit Orangenmarmelade und der Duft heißen Kaffees, was wollte man mehr?

Ariane hatte Kaffee gekocht und schenkte gerade einer jungen Frau ein, die ich nicht kannte.

Wolf war also nicht allein gekommen. Der neunundvierzigjährige Herr mit den grauen Schläfen, verheiratet mit einer älteren Frau, der Vater eines fünfundzwanzigjährigen Sohnes und einer dreiundzwanzigjährigen Tochter, der angesehene Literat, er hatte ein junges Mädchen mitgebracht. Sie war höchstens zwanzig, hatte volles rotes Haar und lustige Sommersprossen. Sie hieß Maja und kam aus Hamburg. Sie sah aufs Meer.

Als Maja zur Toilette ging und Ariane noch etwas aus der Küche holte, zog Wolf mich beiseite.

»Und, wie findste Maja?«

Er spitzte genüsslich die Lippen.

»Appetitlich, nicht?«

Er steckte sich eine Champagnertrüffel in den Mund. Für ein paar Sekunden schloss er genießerisch die Augen. Dann flüsterte er mir ins Ohr: »Das Tollste ist, sie macht Sex wie ein Mann, aus Spaß, aus Sport!«

Seine Augen leuchteten verheißungsvoll.

»Und sie ist überhaupt nicht eifersüchtig! Sie ist die Frau, die ich immer gesucht habe!«

Er nahm noch eine Praline.

»Guck mal, die ist geigelt. Wie die das wohl machen?«

Er erzählte mir, dass es zwei Sorten Champagnertrüffel-Pralinen gebe, die einen hätten eine glatte Umhüllung, die anderen seien so ..., sie hatten ..., na, sie seien eben geigelt.

»Ist doch ein Superwort, was? – geigelt – Ich schenke es dir, Carl.«

»Sag mal, Wolf, wie war das eigentlich bei dir? Ich meine, warum hast du dich damals für Kinder entschieden? Oder waren das Unfälle?«

»Nee, nee, die waren schon geplant! Ach, weißt du, wenn deine Frau dich liebt, will sie irgendwann Kinder. Und wenn du sie auch liebst, na, dann machst du ihr eben welche! Und mit der Zeit werden das dann absolute Wunschkinder.«

»Ist mir aber alles noch zu früh.«

»Na klar, du studier erst mal! Übrigens, vielleicht ist es besser, wenn du die Pralinen in den Kühlschrank packst.«

Maja und Ariane waren zurückgekommen. Wolf erzählte von seiner Begegnung mit Maja: Er hatte sie auf einer Lesung kennen gelernt, hatte ein paar Passagen aus ›Rummelplatz-Liebe‹, seinem neuen Arbeiterroman, vorgetragen, war danach noch mit einigen Lesern in ein Weinlokal gegangen, und schließlich hatte Maja ihn mit zu sich genommen.

»Ich habe mich während der ganzen Zeit, als ich las, immer nur gefragt, wer dieses Mädchen vorn rechts in der zweiten Reihe wohl ist.«

Maja lachte und strich ihr rotes Haar zurecht. Sie sah erst Wolf, dann mich an.

»Wie habt ihr euch eigentlich kennen gelernt?«

Wolf winkte ab.

»Ach der, der ist mir zugelaufen. Carl ist mein Findelkind.«

Ariane und Maja waren freundlich zueinander, mussten sich aber erst noch beschnuppern.

»Wundert ihr euch gar nicht, dass wir schon heute gekommen sind?«

»Doch.«

»Olaf ist heute in Travemünde. Er ist Zweiter Offizier auf der *Peter Pan*. Ich möchte ihn sehen.«

Wolf zog ein Foto aus der Brieftasche.

»Sieht doch schmuck aus, mein Junge, wie er da so steht auf der Kommandobrücke!«

Er reichte es Maja, die es gleich an Ariane weitergab. Ich war eifersüchtig. Olaf war Wolfs richtiger, Wolfs leiblicher Sohn.

Wolf zeigte aufs Meer, wo am Horizont eine Fähre vorbeizog.

»Seht mal, auf so einem Schiff fährt Olaf!«

Er zwinkerte Maja zu, doch die machte eine ablehnende Handbewegung.

»Komm, Wolf, lass das«, sagte sie. »Ich hab keine Lust, dich als stolzen Papi zu sehen. Ich will dich als Lover!«

Sie ließ ihre Finger schnell seine Oberschenkel hinaufkrabbeln. Wolf kicherte schalkhaft. Sie sah in die Runde.

»Ich würd gern in die Sauna gehen. Im Schwimmbad ist doch eine Sauna?«

»Ja.«

»Kommt jemand mit?«

Ariane wollte lieber zum Skandinavienkai. Sie wollte die großen, weißen Fähren aus der Nähe sehen und vielleicht auch – wie ich vermutete – den flotten, jungen Seeoffizier.

»Na, was ist?«

Maja wartete auf Antwort. Ich schwieg.

»Na, dann geht doch ihr zwei!«

Wolf sah Maja und mich an.

»Prima Idee!«

Maja blickte zu mir.

»Oder machst du dir nichts aus Sauna?«

»Doch, doch …«

Ich stellte sie mir nackt vor und hoffte, dass jetzt keiner meine Gedanken lesen konnte. Ariane konnte. Das zeigte ihr Blick.

Eine Stunde später waren wir in der Sauna.

»Aaah, das tut gut!«

Maja streckte ihre Glieder auf der Holzbank aus.

»Man kann toll entspannen hier, was?«

Sie untersuchte einen Fleck auf ihrer Haut, die im Vergleich zu meiner sehr hell war, legte sich dann zurück und kreiselte genüsslich mit den Füßen. Ich nickte. Ja, man konnte toll entspannen in der Sauna. Ich hockte neben ihr, allerdings eine Bank höher, wo es noch heißer war, der Schweiß rann mir die Stirn hinab übers Gesicht, auch mein Rücken begann Schweiß abzusondern, ebenso die Schultern, die Ober- und dann die Unterarme, bis alle Poren meines Körpers sich weit öffneten und das Wasser nur so auf das Handtuch lief, auf dem ich saß.

Ich sah verstohlen zu ihrer Möse. Da hatte sie also die gleiche Haarfarbe wie auf dem Kopf: rot. Sie drehte sich auf den Bauch, döste und nahm keine Notiz mehr von mir. Ich betrachtete kurz ihren zarten Rücken und ihren kleinen, festen Po, stützte dann meine Arme auf die angezogenen Knie und vergrub meinen Kopf. Ich ließ die Hitze geschehen.

Die Tür wurde geöffnet. Ich schaute auf. Ein junger Bademeister kam mit freiem Oberkörper herein. Aus einem Eimer goss er eine Flüssigkeit auf die heißen Steine im Ofen. Es zischte und dampfte. Er faltete sein Badelaken und schwang es über seinem Kopf, wobei seine Hüften rhythmisch kreisten. Alle Frauen im Raum, ob alt, ob jung, sahen ihm ruhig und interessiert zu. Mit der Luft, die er, der Meister des Aufgusses, zu uns, seinem staunenden Publikum, herüberpeitschte, kam ein starker, belebender Lavendelduft. Es wurde schlagartig so heiß, dass es einen umpustete.

Etwa nach einer Viertelstunde sprang Maja plötzlich auf und verließ die Sauna leichtfüßig durch die gläserne Tür. Ich trampelte hinterher und wir trafen uns bei den Duschen. Sie stand bereits unter der Schockdusche, die so hieß, weil sie eiskalt war. Maja drehte sich lächelnd um, als sie meinen Blick auf ihrem Rücken spürte.

»Bitte schön! Die Dusche ist frei!«

Sie trat beiseite. Ich gab mir einen Ruck, huschte unter die Schockdusche und verbarg meinen Schreck vor der Eiseskälte, die auf die Saunahitze folgte. Ich wollte schließlich nicht vor Maja, der roten Maja, als ein frierender Weichling dastehen. Nach dem Duschen ging ich hinaus zum Außenbecken. Maja war schon dort. Ich genoss die leichte Brise, mit der die Ostseeluft sanft meinen Körper streichelte.

»Hübsches Gelb, nicht?«

Maja zeigte auf einen Mann, der im Bademantel an uns vorübergegangen war.

»Das ist Nepalgelb. Passt auch gut zu meinen Haaren. Rote Sachen durfte ich als Kind nie tragen. Hat mir meine Mutter verboten.«

Ihre Haare lagen nass und deshalb in einem etwas dunkleren Rot auf ihren Schultern. Ich betrachtete ihre Schultern.

Sie strich sich über die Haare.

»Irgendwie müssen Rothaarige mehr auf Farben achten, wenn sie Klamotten kaufen.«

Mein Blick glitt wie von selbst von ihren Schultern an ihr hinab, den Oberkörper entlang zu ihren Hüften, auf denen er einen Moment liegen blieb, um dann ihre Beine herunterzurutschen. Sie hatte schöne Füße.

»Ich achte lieber darauf, ob die Sachen halten«, bemerkte ich. »Zum Beispiel Schuhe.«

Sie stand vor mir, ein Sonnenstrahl, der zwischen den vom Wind bewegten Blättern eines Baumes hervorblitzte, tanzte frech auf ihren Brüsten.

»Ja? Was ist mit den Schuhen?«

Sie stellte ihre Füße über Kreuz.

»Na, die müssen regenfest sein, gerade in Deutschland, in einem Land, in dem es so oft regnet. Regenfeste Schuhe sind aber schwer zu bekommen. Die Hersteller kümmern sich wohl eher um Farbe oder Form der Saison.«

Sie stieg die Leiter hinab ins Tauchbecken, das größer war als in anderen Saunen. Man konnte richtig darin schwimmen.

Ich folgte ihr.

»Nee, Carl. Das ist mir zu praktisch. Ich finde, Schuhe sollten in erster Linie schön sein. Das gilt eigentlich für alle Klamotten.«

Sie machte ein paar Schwimmzüge. Ich legte mich auf den Rücken und ließ mich treiben. Auch von hier sah man also das *Monoton* in den Himmel ragen. Ich drehte mich um und schwamm zu Maja. Wir schwammen ein Stück nebeneinanderher. Sie driftete ab. Als meine Hüfte ihre streifte, durchschoss mich ein leiser Stromschlag, der mich angenehm erschreckte.

»Aber was nützt dir eine hübsche Jacke, Maja, wenn du beim ersten Guss pudelnass wirst? Ich für meinen Teil mag's gern trocken.«

»Wirklich?«

Sie lachte und schlug mit der flachen Hand aufs Wasser, so dass ich eine Ladung ins Gesicht bekam. Ich duckerte sie unter und floh. Sie warf sich auf meinen Rücken und ich tauchte davon.

Als ich auftauchte, stand vor mir am Beckenrand ein respektabler Bademeister, ein älterer Herr mit grauen Haaren und breiten Schultern. Er schüttelte ernst den Kopf. Kleinlaut stiegen wir aus dem Wasser und er ging weiter.

Wir zogen Bademäntel an, die wir geliehen hatten, gingen an die Bar und ich bestellte zwei Drinks.

»Was machst du so?«, fragte ich und bereute die Frage gleich, weil ich sie selbst nicht besonders originell fand.

»Alles, was Spaß bringt.«

»Ich meine, wovon lebst du?«

Das war noch blöder. War doch egal, wovon sie lebte!

»Ich jobbe so rum, Kellnern, Büro, was so anfällt.«

»Hast du keinen Beruf?«

»Ich bin Künstlerin.«

»Ach, Küüünstlerin! So nennen sich viele!«

Ich beugte mich über den Tresen, fischte aus einem Glas mit Schreibern einen Bleistift und griff nach dem Rechnungsblock. Ich legte beides vor sie hin.

»Da! Zeichne!«

Sie hielt den Bleistiftstummel gegen das Licht.

»Bisschen stumpf.«

Aha! Sie begann schon zu kneifen! Ich war mir sicher, was jetzt kommen würde. Ich hatte das schon bei anderen ausgetestet. Es ist nicht der richtige Bleistift, es ist der falsche Moment, es ist schlechtes Papier – Ausreden gab es genug. Sie sah mich belustigt und ein wenig kritisch an und warf mit wenigen gekonnten Strichen ein Bild aufs Papier. Tatsächlich, sie konnte zeichnen.

Auf dem Zettel des Rechnungsblocks befand sich ein junger Mann, der mit übergeschlagenen Beinen auf einem Barhocker saß. Auf den Beinen lagen zwei Hände, die etwas verkrampft und etwas verlegen ineinander griffen. Darüber war in einem Frottémantel, unsicher und leicht gebeugt, ein

Oberkörper, der nicht zu viel Platz beanspruchen wollte. Aus dem Kragen des Bademantels kam der Kopf eines Jünglings hervor, ein Jüngling mit ernstem Gesicht, mit Oberlippenbärtchen und vollem, sensiblem Mund, mit Augen, die nachdenklich oder verträumt wirkten. Ich war erschrocken, dass sie mich erkannt hatte, und gleichzeitig geschmeichelt, dass sich jemand mit mir so sehr beschäftigt hatte.

»Die Zeichnung schenke ich dir«, sagte sie, »wenn du mir irgendwann noch einmal sitzt.«

Auf dem Rückweg machten Maja und ich einen Umweg zu *Niederegger,* wo ich meine Bestellung abholte, das Geschenk für Ariane. Über die Travepromenade und die Strandpromenade gingen wir zurück zum Lebkuchenhäuschen. Ein Lotsenschiff verließ den Hafen. Draußen wartete ein Dampfer. Die See war ruhig und glatt. Die Flaggen vor dem Kurhaus hingen leblos herab und auch die Wipfel der Bäume winkten nur müde vom Kurpark herüber.

Der Begrüßungskuss, den Ariane mir gab, war anders als sonst. Sie wirkte so abwesend.

»Das üben wir noch mal.«

Ich zog sie an mich. Aber jetzt presste sie die Lippen aufeinander und schob mich von sich.

»Da, Carl, die Schürze! Haste vergessen? Heute hast du Backschaft!«

Sie schob mich in die Küche. Den Ausdruck »Backschaft«, Küchendienst, hatten wir aus der Seeschifffahrt übernommen. Maja kam in die Küche und hob den Topfdeckel an.

»Das sind nur die Kartoffeln.«

»Wann gibt's Mittag? Mein Magen knurrt!«

»Was, jetzt erst? Dein Magen geht nach. Es ist schon vier.«

»Ich hatte mal einen Klassenkameraden, dessen Magen knurrte immer Punkt zwölf, mitten im Unterricht. Seine Mutter hatte ihm beigebracht, alle vier Stunden Hunger zu bekommen, um acht, um zwölf, um sechzehn und um zwanzig Uhr.«

Ich lachte.

»He, pass auf! Du musst den Fisch umdrehn!«

»Autsch!«

Ich hatte mich an der Pfanne verbrannt.

»Was ist los, Carl? Ein bisschen mehr Konzentration, bitte!«

Maja drehte den Kaltwasserhahn auf und hielt meine Hand darunter.

»Na, wo bleibt ihr denn? Oh, ihr haltet Händchen! Muss ich eifersüchtig werden?«

Wolf war in die Küche gekommen und lachte, als er uns sah.

Dann ging er auf Maja zu, nahm sie in den Arm und gab ihr einen langen, innigen Kuss. Ich sah die Verliebten neidisch an und stellte den Wasserhahn ab. Als Maja Wolf wieder freigab, zog ich ihn beiseite.

»Du, Wolf, sag mal, weißt du, was Ariane hat? Ihr Blick eben. Sie hat mich so mitleidig angesehen. Ich glaube, sie wird mich verlassen.«

»Ach was! Du siehst Gespenster! Ihr seid ein Traumpaar!«

Wir deckten auf und Ariane erzählte begeistert von den weißen Fähren. Einmal wollte auch sie auf so einem Traumschiff fahren, natürlich in der Luxuskabine. Ich war sofort Feuer und Flamme. Ich schlug vor, nächsten Sommer nach Schweden zu fahren. Ich wollte zum Schloss Gripsholm.

»Also, Ariane, fahren wir nach Schweden?«

»Weiß nicht, mal sehen.«

Sie sah mich gleichgültig an.

Wolf lobte mich fleißig, weil ich nacheinander vier Fische in einer billigen, alten, fast unbrauchbaren Pfanne gebraten hatte, ohne dass einer auseinander gefallen oder angebrannt war. Außerdem schmeckte ihnen die Mojo Verde, eine grüne Soße nach spanischem Rezept aus Knoblauch, Essig, Öl und Petersilie.

»Was macht ihr eigentlich heute Abend?«

Ariane sah in die Runde.

»Ja, also ich lese in dem kleinen Buchladen am Ort.« Wolf sah zu Maja. »Du musst nicht unbedingt mitkommen, Maja. Du kennst das ja schon.«

»Doch, ich hab Lust!«

»Ich auch!« Ariane klatschte in die Hände.

»Hast du vergessen …« Ich fasste ihren Arm.

»Was?«

»Wir wollten doch …«

»Ach ja!« Jetzt fiel es ihr wieder ein. Sie sah etwas enttäuscht zu Maja und Wolf. »Carl und ich wollen in meinen Geburtstag hineinfeiern.«

»Ich hab beim Italiener einen Tisch bestellt, für zwei Personen.«

»Wie lieb von dir.«

5

Der Wein war rot und versetzte mich in einen angenehmen Rausch. Mein Gehirn, das alltags immerfort dachte und plante, zerfloss zu einer breiigen, unschädlichen Masse. Ein Amore-Amore-Kellner erkundigte sich, ob wir mit dem Wein zufrieden seien. Wir bestellten eine weitere Karaffe.

Wir aßen Carpaccio, hauchdünnes Rinderfilet, dann einen Gemüseauflauf mit Knoblauch und einem leckeren Käse überbacken. Zum Nachtisch gab es Tiramisu. Ich wollte Ariane küssen, aber sie schob mich lachend von sich.

»Nicht hier, nicht jetzt.«

Ich nahm noch einen Schluck Rotwein und zeigte auf die Uhr. Es war zwölf. Sie hatte Geburtstag. Ich gab ihr einen langen Kuss und das Geschenk. Sie packte es ungeduldig aus.

»Wie süß! Wie bist du denn darauf gekommen?« Es war ein Baby aus Marzipan.

»Na, du hast dir doch ein Kind von mir gewünscht! Da ist es! Und morgen essen wir es auf!«

»Bist du verrückt? Kannibale! Hände weg von meinem Kind!«

»Du hast dich aber verändert, seit du Mutter bist!«

»So? Hab ich das?« Ihre Augen blitzten auf. »Ich hab auch eine Überraschung für dich.«

»Aber ich hab doch gar nicht Geburtstag. Und außerdem, wo hast du denn deine Überraschung? Ich kann nichts entdecken.«

Sie hatte keinerlei Paket mitgenommen, gar nichts, nicht einmal eine Handtasche. Sie hatte ein grünes, enges Strickkleid an, unter dem sich nichts, aber auch gar nichts verstecken ließ, darüber ein dünnes Jäckchen.

»Es ist mehr so eine Idee.«

»Na los, spann mich nicht auf die Folter! Raus mit der Sprache!«

Ich nahm noch einen Schluck.

»Ich möchte dir …«, sie sah mich erwartungsvoll an, »ich möchte dir die freie Liebe vorschlagen.«

Ich prustete den roten Wein auf die weiße Tischdecke und hustete fürchterlich. Sie klopfte mir auf den Rücken.

»Das ist nicht dein Ernst!«

»Aber ja doch!«

Ich fühlte mich, als hätte sie mir ihre ölige Gabel mitten ins Herz gestochen und zweimal umgedreht.

»Na, für dich wäre es doch sicher auch toll, wenn du mehr …«

»Was?«

»Na, ihr Männer träumt doch immer von Freiheit und so.«

»Hab ich das je behauptet? Ich finde …«

Ich verstummte. Ich hatte sagen wollen, dass ich sie toll fand und dass ich keine andere Frau wollte als sie. Aber dann fiel mir ein, dass das jetzt taktisch unklug gewesen wäre. Ich befand mich auf einmal in einer strategisch recht ungünstigen Position. Sie wollte Freiheit und ich fühlte mich im Stich gelassen. Deshalb tat ich cool:

»Eigentlich 'ne gute Idee. Ich könnte auch mal wieder einen außerpartnerschaftlichen Fick gebrauchen.«

Als ich das sagte, sah ich sie schon nicht mehr an. Ich wollte sie verletzen. Ich war im Begriff, mit einer Frau am Nebentisch Kontakt aufzunehmen. Die erwiderte meine

Blicke. Warum nahm ich nicht gleich die mit? Ach ja, sie war in Begleitung. Und ich, ich war ja mit Ariane gekommen. Aber die hätte sich doch wohl kaum beschweren können!

»Du musst verstehen«, versuchte sie zu beschwichtigen, »ich brauche mehr Zeit für mich.«

Sie brauchte also Zeit für sich. Unsere Freundschaft – sie nannte es auf einmal »Beziehung« – engte sie ein. Aber warum wollte sie die gewonnene Zeit gleich an den nächsten Mann vergeuden? Das verstand ich nicht. Jetzt erst merkte ich, dass sie die goldenen Ohrringe, die ich ihr geschenkt hatte, nicht mehr trug.

Ungerechterweise bekam der Kellner kein Trinkgeld. Was konnte er dafür, dass Ariane sich von mir abwandte?

Auf dem Rückweg regnete es und wir wurden pudelnass. Der Wind stanzte den Regen in meine Jeans. Für Ariane in Strickkleid und Nylonstrümpfen war das Schmuddelwetter sicher noch unangenehmer.

Im Lebkuchenhäuschen zogen wir die nassen Sachen aus und wickelten uns in Badelaken. Meins roch von der Sauna noch angenehm nach Lavendel. Ich eröffnete das Verhör:

»Also, Ariane, was soll der Quatsch mit der *freien Liebe?* Mit wem hast du geschlafen?«

»Mit gar keinem.«

»Mit wem?«

»Eigentlich mit gar keinem.«

»Mit wem?«

»Einmal mit Matthias. Das war gar nichts. Nur so, wegen der alten Zeiten.

»Ja, und Maike?«

»Die darf das nicht wissen.«

»Soso, mit Matthias. Und wie war's?«

»Ganz nett. Na, du bist natürlich besser! War es das, was du hören wolltest?«

»Und warum hast du dann? Ich meine, wenn es mit mir okay ist, dann brauchst du doch nicht …«

»Das hat überhaupt rein gar nichts mit dir zu tun.«

»Nichts mit mir zu tun, ha! Und wie denkst du dir das? Wie soll es jetzt weitergehen? Wollen wir uns trennen? Die Ferien, die … die … ja, die können wir eigentlich vergessen! Ach, ist doch Scheiße!«

»Du verstehst mich nicht.«

»Na klar versteh ich dich! Du willst weiter mit Matthias bumsen, so ganz frei, Maike darf natürlich nichts erfahren! Und mich, mich geht das ja sowieso nichts an! Wieso auch? Ha! Was hab ich damit zu tun, wenn meine Frau wen anders bumst? Hast ja Recht! Was geht's mich an?«

»Ich bin nicht *deine* Frau. Ich bin nicht dein Besitz. Das wäre ich nicht einmal, wenn wir verheiratet wären. Ich gehöre niemandem. Außer mir selbst.«

»Ach so, na klar! Wir sind völlig unabhängige Individuen, die im freien Spiel der Kräfte zueinander stehen! Völlig unverbindlich! Na prima!«

»Du verstehst mich nicht.«

»Nee, da hast du Recht! Ich versteh dich wirklich nicht! Und Matthias, den versteh ich auch nicht!«

»Das mit Matthias ist vorbei.«

»Ja, und? Was soll das Ganze dann? – Moment, es geht gar nicht um Matthias?!«

»Nein.«

»Wer dann? Wer ist es dann? Na los, sag schon!«

»Ich sag jetzt gar nichts mehr.«

Sie weinte.

Ich war neidisch, weil sie zuerst geweint hatte und mir jetzt nicht mehr danach war. Meine Tränen waren bereits hinter den Augen zu einem Eisblock gefroren und bereiteten mir Kopfschmerzen.

Wir sahen beide ein, wie sinnlos dieses Gespräch war, das uns noch dazu um den Schlaf brachte. Wir beschlossen, uns zu vertragen. Ich nahm sie in den Arm, weil es mir leid tat, wie sie weinte. Aber es fiel mir verdammt schwer, denn ich hatte sie immer noch so lieb und war gleichzeitig stinksauer. In meinem Bauch herrschte ein ganz schöner Seegang.

Ich riss mich zusammen. Ich streichelte ihr über den Kopf und sie kuschelte sich an mich. Dieser Streit war aber auch zu blöd! Und das ausgerechnet an ihrem Geburtstag, den ich darüber fast vergessen hatte! Ach ja, sie wurde dreißig und ich hatte eine Krise.

Zur Versöhnung schliefen wir miteinander, aber es war nicht wie sonst. Wir versuchten Saft aus einer Frucht zu pressen, die bereits ausgetrocknet war. Wir arbeiteten uns freudlos und bis zur Erschöpfung aneinander ab. Endlich – gegen Morgen – schliefen wir ein.

Am nächsten Tag standen Maike und Matthias vor der Tür. Es war zwölf und sie waren bereits seit sechs Stunden wach. Der kleine Victor würde bald seinen Mittagsschlaf machen, wann genau, wussten sie nicht, das war immer so zwischen elf und drei, je nach Tagesform. Sie hatten geklopft, da die Klingel nicht funktionierte.

»Was? Habt ihr bis eben geschlafen? Ich beneide euch! Seit Victor da ist, haben wir noch nicht *einmal* aus- oder auch nur durchgeschlafen. Versteh mich nicht falsch, wir haben Victor natürlich lieb. Ich möchte nie mehr ohne ihn sein. Aber manchmal ist es schon anstrengend. Und dann bin ich wohl auch noch erschöpft von der Geburt.«

Maike gab einen detaillierten Bericht ihrer Entbindung, während wir alle in die Küche gingen. Auf dem Küchentisch stand ein Strauß Blumen mit einer Geburtstagskarte von Maja. Wolf hatte Arianes Geburtstag vergessen. Würde der Verleger ihn nicht daran erinnern, er würde sogar seinen bevorstehenden Fünfzigsten vergessen. Er interessierte sich nicht für Feste dieser Art. Maja und Wolf waren spazieren gegangen. Sie wollten uns ausschlafen lassen und unterwegs frühstücken.

»Setzt euch doch.«

Aber Maike und Matthias blieben erst einmal stehen und gaben ein Geburtstagsständchen. Ariane applaudierte und Victor weinte. Offenbar mochte er es nicht, wenn jemand in die Hände klatschte. Dann überreichten sie ein Geschenk. Es war ein Blechspielzeug, ein Pinguin, der, wenn man ihn aufzog, über die Tischplatte watschelte und mit dem Kopf wackelte.

»Nein, wie niedlich!«

Ich setzte Kaffee auf. Maike berührte mich am Arm, worauf ich etwas von dem Pulver verschüttete.

»Du bist so still, Carl. Du redest doch sonst wie ein Wasserfall! Wohl noch nicht ausgeschlafen?«

»Ja, ich bin noch ein wenig müde.«

»Sagt mal, ihr habt doch nicht etwa Streit?«

Sie sah von mir zu Ariane und von Ariane zu mir.

»Streit? Ach was, wieso? Streit! Ha! Wir verstehen uns prima! Wir proben die freie Liebe!«

»Was?«

»Arianes Idee. Du hast doch nichts dagegen, wenn ich mich ein wenig mit deiner Frau zurückziehe, Matthias?«

»Na hör mal, nun ist aber gut!«

Maike war offensichtlich empört über die dumme Anmache. Auch Victor sah mich erschrocken an, sein Gesicht verzog sich und er heulte erbärmlich. Ariane fasste mich am Arm.

»Nun mach doch nicht so 'n Stunk.«

Ich riss mich los.

»He, was soll das! Ich mache gerade erste Schritte auf dem

Laufsteg der freien Liebe. Ist doch alles egal. Du mit ihm. Sie mit mir. Ich mit ihm. *Rocky Horror Picture Show*. ›Don't dream it – be it!‹ Hab ich was falsch verstanden?«

»Sag mal«, Maike sah Ariane an, »spinnt der, oder was?«

Ariane erwiderte den Blick hilflos.

»Ich hab mich verliebt und Carl versteht das nicht.«

»Du hast dich verliebt.«

Maike strahlte.

»Ist ja toll! In wen?«

»Toll, toll, ist ja toll! Würdest du …«

Einen kurzen Moment lang dachte ich daran, ihr zu sagen, dass ihr Ehemann letztens mit Ariane geschlafen hatte. Toll, nicht? Was würde sie wohl dazu sagen? Aber Maike war Arianes beste Freundin und deshalb hielt ich mich zurück.

»Mensch, Ariane, frisch verliebt, und? Geht's dir gut dabei? Einer, den ich kenne?«

Jetzt erst fiel mir auf, dass ich auch noch nicht wusste, in *wen* Ariane sich verliebt hatte. Matthias war es jedenfalls nicht. Das mit ihm hatte sie nur mal so mitgenommen. Ob es der Seeoffizier war, Wolfs Sohn? Immerhin hatte sie ihn gestern kennen gelernt, an dem Tag, an dem sie mir auch die freie Liebe anbot. Vielleicht stand sie doch heimlich auf Uniformen.

Ich strich über mein Oberlippenbärtchen und sah Maike an. Sie hatte ganz hübsche Beine. Aber ich war wohl nicht ihr Typ.

»Sag mal, kapierst du denn gar nichts? Sie hat sich verliebt. Das ist doch schön. Wunderschön. Verstehst du das nicht?«

»Doch, doch, ich versteh das! Und wie ich das verstehe! Ich weiß, wie das ist! Ich war nämlich auch mal verliebt! In die da!«

Ich zeigte auf Ariane, die gerade Kaffee eingoss.

»Was bist du aggressiv, Carl! Sei doch nicht so unsachlich.

Man kann doch in Ruhe reden. Außerdem verdirbst du ihr mit deiner schlechten Laune den Geburtstag.«

»Ich ihr?! *Sie* verdirbt *mir* ihren Geburtstag!«

Matthias hatte die ganze Zeit schweigend zugehört, den plärrenden Victor auf dem Arm gehalten und ihn getröstet. Auf wessen Seite war er? Ich wusste es nicht. Ich fühlte mich allein. Ich ging fort.

Der Sand reflektierte die Mittagssonne. Ich ging am Ufer entlang und versuchte auf andere Gedanken zu kommen. Aber so kräftig ich die quälenden Gedanken an Ariane und die neue Situation auch von mir warf, weit hinaus aufs Meer, wo sie ins Wasser fallen und untergehen sollten, so machtvoll kamen sie wie ein Bumerang zu mir zurück.

Ich war so sauer, weil Maike sich eingemischt hatte. Sollte doch sie die freie Liebe ausprobieren! Ich hatte gemütlich mit Ariane Ferien machen wollen. Ich wollte lesen. Andere Frauen interessierten mich nicht, jedenfalls nicht übermäßig.

Ich liebte Ariane, meine Ariane. Ach ja, sie war ja nicht mein Besitz. Aber wie standen wir dann zueinander? Manche träumten davon zu verschmelzen. Das fand ich ekelig. Aber wollte ich deshalb freie Liebe? Freie Liebe, das hieß doch nur, dass Ariane Bock auf einen anderen Mann hatte, während ich allein zurückblieb.

Verdammt, ich hing an ihr. Und das tat weh.

Ich sammelte ein paar Steine auf und schleuderte sie ins Wasser.

»Pitsch! Patsch!«

Neben mir stand ein kleines Mädchen und machte es mir nach.

»Teine, Teine, bats!«

Sie gab mir einen Stein und strahlte mich an. Ich hockte mich hin, um auf einer Höhe mit ihr zu sein. Auch sie hockte sich hin. Ich musste lachen. Dann verbarg ich meine Tränen.

Das Mädchen lief zu ihrer Mama, die ein Stück weiter auf sie wartete.

Ich ging über den breiten Strand zurück zur Promenade. Auf einem Holzpfahl, der in den Sand gerammt war, lag eine Puppe. Irgendwie erinnerte sie mich mit ihren kurzen Haaren und dem frechen Blick an Ariane. Ich nahm sie in die Hände und sah aufs Meer. Ich war so durstig nach diesem Anblick. Ich wollte ihn mit den Augen aufsaugen. Es war unmöglich, sich am Meer satt zu sehen. Ich legte die Puppe zurück auf den Holzpfahl und ging weiter.

6

Als ich ins Lebkuchenhaus zurückkam, waren Maike, Matthias und Victor gegangen. Ariane spülte Kaffeebecher. Ich nahm ein Handtuch und trocknete ab. Sie war unruhig. Ihre Eltern hatten sich angemeldet.

»Wir stören gar nicht lange«, hatten sie am Telefon gesagt. »Wir geben bloß kurz unser Geschenk ab.«

Maja putzte das Klo und Wolf war unterwegs, Kuchen besorgen. Viel zu früh klopfte es an der Tür. Klamotten flogen in Windeseile in Schränke. Putzlappen, Staubsauger und der noch volle Wassereimer wurden in die Kammer gequetscht. Ein Kondom, das Wolf letzte Nacht in eine Ecke gepfeffert hatte, wurde in den Müll geworfen. Komischer Anblick war das: Ariane, wie sie Wolfs rot genopptes Kondom, es mit spitzen Fingern weit von sich haltend, zum Müll trug und dann – ohne Kondom – zur Tür hechtete.

»Hallo, Liebling! Herzlichen Glückwunsch zum Geburtstag! Sag mal, ist die Klingel kaputt?!«

Umarmungen, Küsse, Freudenrufe.

»Vater und ich waren so glücklich vor dreißig Jahren! Nicht wahr, Papi?«

»Ja, Mami, das waren wir.«

»Na, nun kommt doch erst mal herein.«

Ich fragte mich, ob Ariane und ich uns eines Tages auch »Mami« und »Papi« nennen würden, falls wir ein Kind hätten.

»Nimm mir mal was ab, Carl!«

Wolf stand voll bepackt vor mir.

»Der junge Mann war so freundlich, uns beim Tragen zu helfen.«

Auch wenn Wolf schon fast fünfzig war, auf Arianes Eltern wirkte er wegen seiner Lederhose, der Brecht-Kappe und seiner lässigen Körperhaltung wie ein Jugendlicher.

»Was ist da bloß alles drin?!«

Wolf stöhnte.

»Ach, ein paar Kleinigkeiten.«

Sie hatten zehn große Marmeladengläser mitgebracht – selbst eingekocht; dazu dreißig Kilo Äpfel aus ihrem Garten, einen ganzen Schinken, einen Sack Möhren und etliche Flaschen Fliederbeersaft. Außerdem hatte die Mutter Ariane zwei Pullover gestrickt, ein Kleid und drei Blusen genäht sowie eine Klorollenverzierung gehäkelt. Aus dem Opel, den sie vor der Tür geparkt hatten, holte sie noch drei verschiedene selbst gebackene Kuchen. Ihr Vater steckte Ariane einen Hundertmarkschein zu.

»Da, kauf dir was Schönes!«

»Danke, Papi!«

Dafür gab's ein Extraküsschen.

»Na, dann kommst du doch sicher wieder mal nach Hause!«

»Papi, wie oft soll ich dir noch sagen, dass ich jetzt in Lübeck zu Hause bin.«

»Jaja, ich meine, du kannst uns doch mal wieder besuchen!«

»Papi, ich war erst letztes Wochenende bei euch.«

»Jaja, aber doch bloß für zwei Tage. Nächstes Mal bleibst du länger! Du kannst doch deine Ferien bei uns verbringen! Stockelsdorf ist auch sehr schön! Und du weißt ja, die Wohnung unterm Dach ist immer für dich frei! Du könntest wieder zu uns ziehen! Na, und Carl, den bringste einfach mit!«

»Nun setzt euch doch erst mal.«

Wir deckten den Tisch und Wolf holte noch den Kuchen, den er überflüssigerweise gekauft hatte und der anfing, auf dem Beifahrersitz seines Mercedes-Cabriolet in der Herbstsonne aus der Form zu geraten. Das Mittagessen fiel heute aus. Es gab gleich Kaffee und Kuchen. Wolf staunte Bauklötze.

»Wer soll das bloß alles essen?«

Arianes Vater entsprach nicht ganz seinem Bild von einem Arbeiter. In Wolfs Romanen waren Arbeiter jung, stark, auch ein wenig belesen und vor allem mutig. Wolf setzte sich neben ihn, den real existierenden Arbeiter mit dem krummen Rücken und den dünnen Armen. Wolf machte ein paar Bemerkungen über die konservative Regierung, die jahrelang das Geld fröhlich von unten nach oben geschaufelt hatte.

»Ach was, die Linken sind auch nicht besser! Nicht wahr, Mami?! Ihr Wagen, Herr ... äh, äh, Herr Wolf, der war sicher nicht ganz billig! Oder?!«

Wolf ging über die Bemerkung hinweg und sprach weiter.

»Gegenüber dem Kapital muss die Arbeiterklasse ...«

Weiter kam er nicht.

»Jaja, ist schon recht, die Arbeiterklasse. Mama, wo ist der Hasenbraten?«

»Ach! Den hab ich zu Hause vergessen! Wie blöd von mir!«

»Ich hab doch noch gesagt: Mami, pack den Hasenbraten ein!«

»Ja, ich weiß, Papi! Es tut mir ja auch leid!«

»Wie war denn eure Fahrt?«

»Gerade noch bevor wir zur Tür raus sind, hab ich gesagt: Mami, pack den Hasenbraten ein!«

»Wie konnte mir das bloß passieren?!«

»Ich …«, Wolf wirkte leicht verlegen, » … ich bin gewissermaßen auch eine Art Arbeiter, ein geistiger Arbeiter. Die Maschine, an der ich arbeite, ist die Schreibmaschine, das heißt der Computer. Und der Klassenfeind …«

»Jaja, der Klassenfeind, verstehe. Du kamst die Kellertreppe hoch, Mami, und ich sagte noch: Vergiss den Hasenbraten nicht, Mami, den Hasenbraten! Ich weiß genau, das waren meine Worte!«

»Ja, das hast du gesagt! Ich hab auch noch daran gedacht! Und dann hab ich's doch vergessen! So ein Pech aber auch!«

»Sie haben aber eine schöne Brosche.«

Arianes Mutter errötete freudig.

»Finden Sie wirklich?«

»Ja.«

»Oh, danke, Frau …?«

»Maja, einfach Maja, wie die Biene.«

Kurzes Gelächter. Alle kannten Biene Maja aus dem Kinderfernsehen.

»Mami, ich fahre jetzt los und hole den Hasenbraten!«

Seine Frau packte ihn am Arm.

»Na, nun setz dich doch wieder, Papa.«

»Nein, nein, der Hasenbraten!«

»Nun lass doch endlich deinen Scheiß-Hasenbraten!«, brüllte Ariane.

Ihr Vater zuckte zusammen und verstummte.

»War nicht so gemeint, Papi. Ich wollte nicht grob sein.«

Sie streichelte seinen Arm und sprach leise weiter.

»Ich meine nur, wollen wir nicht mal über was anderes reden? Ich habe Geburtstag.«

Maja und Wolf zogen sich zurück. Am liebsten wäre ich

mitgegangen. Wenn Ariane die freie Liebe wollte, sollte sie ihre Eltern doch allein unterhalten! Oder sollte doch der andere (in wen hatte sie sich denn nun verliebt?) den Schwiegersohn spielen! Ein Seeoffizier würde sicher gut ankommen! Ich blieb.

Sektkorken knallten, Gläser wurden gefüllt und geleert und erneut gefüllt und man unterhielt sich ausgelassen. Arianes Vater begann nun von seiner Mutter zu schwärmen, der – wie er mehrfach betonte – wichtigsten Frau in seinem Leben. »Und wenn ich nicht spurte«, er kniff anerkennend die Lippen zusammen, »dann hat sie mir aber was hintenvor gegeben! Dann setzte das was!«

Er griff das Marzipanbaby, das ich Ariane geschenkt hatte.

»Papi, sei doch vorsichtig!«

Ariane ging in Startposition, jederzeit bereit, vom Stuhl aufzuspringen, um ihr Kind aufzufangen, wenn er es fallen ließ.

Er sprach weiter, fuchtelte mit dem Marzipanding herum und wandte sich mit einem Von-Mann-zu-Mann-Ausdruck auf dem Gesicht an mich.

»Sag mal, Carl, wie schaut das denn nun aus? Ich würd gern mal Großvater werden!«

»Papa!«

Ariane und ihre Mutter riefen es wie aus einem Mund.

»Wieso, ist doch nichts dabei? Ich möchte eben Großvater werden! Na, ihr könnt doch nicht ewig wie Studenten hausen! Und heiraten, habt ihr schon mal ans Heiraten gedacht?«

»Sieh mal, Papi, jetzt hast du ihm den Arm gebrochen!«

Ariane verschwand in der Küche, um mit Ei und Mehl ihr Baby zu reparieren. Ihre Mutter zog ein paar Kinderfotos aus der Handtasche: Ariane unterm Weihnachtsbaum, Ariane auf dem Hof, Ariane mit Hund. Auch ein Familienbild war dabei: die fünfjährige Ariane mit handgestricktem Pullover und Pagenschnitt. An der einen Hand hielt sie Papa, an der anderen Mama. Im Hintergrund stand der Motorroller des Vaters. Die Mutter hatte eine Spitzenbluse an und einen kurzen Rock. Fünfundzwanzig Jahre waren seitdem vergangen.

»Was ist? Wollen wir spazieren gehen?«

»Spazieren gehen, das ist nichts für deinen Vater! Nicht wahr, Papi, du bist eine richtige Couch-Kartoffel!«

Spätabends verließen uns Arianes Eltern. Man bedankte sich gegenseitig und versicherte, wie schön es gewesen sei. Arianes Vater war ganz schön knülle! Arianes Mutter nahm ihrem Mann den Autoschlüssel ab, setzte ihn mit unserer Hilfe auf den Beifahrersitz und schnallte ihn an. Sie fuhr. Sie hatte nur ein Glas Sekt getrunken.

Mir schwirrte der Kopf vom vielen Zuhören und ich fühlte mich ganz schön k. o. Was hatte Arianes Vater alles erzählt? Ostpreußen. Der Krieg. Die Polen. Die Flucht. Sein Haus in Stockelsdorf, endlich war es abbezahlt, über zwanzig Jahre hatte es gedauert, viel Eigenleistung beim Bau hatte er damals erbracht. Das Fundament hatte er mit einem kleinen Betonmischer und einer Schaufel allein gelegt, ansonsten hatte er, der Bauherr, als Handlanger den Maurern und Dachdeckern geholfen. Und abends wollten die Geld sehen, bar auf die Hand, Geld, das er zuvor schwer verdient und sich vom Munde abgespart hatte.

Er hatte von seiner Arbeit erzählt, nicht auf dem Rasen liegen über einem Buch wie wir Studenten, nein, echte Arbeit: erst die Feldarbeit beim Bauern, direkt nach dem Krieg.

»Mensch, war der knickerig! Der gönnte einem das Schwarze unter den Fingernägeln nicht!«

Dann Schienen verlegen, schon besser bezahlt, ging aber

auf die Knochen, schließlich die Schichten in der Fabrik, besonders hart, wenn die Tag- und Nachtschichten wechselten.

»Da wirst du ganz rammdösig. Irgendwann weißt du gar nicht mehr, wann du schlafen sollst! Jaaa, so war das. Kannst du dir gar nicht vorstellen, Carl! Ihr wisst ja heute gar nicht mehr, was das ist, Arbeit!«

Die hätten ihn kaputtgemacht. Wer? Die Schichten? Der Bauer? Der Krieg? Die Polen? Der Fabrikant? Er wusste es selbst nicht so genau. Er beklage sich nicht. Alles in allem ginge es ihm gut. Es war kühler geworden, als Ariane und ich wieder für uns waren. Ich suchte nach meinem Pullover. Richtig, ich hatte ihn in die Kammer gepfeffert. Da war auch noch der Eimer mit dem Schmutzwasser. »Vorsicht, Carl!«, dachte ich noch und hatte ihn auch schon umgestoßen. Welch ein Geburtstagsfest!

Ariane und ich sahen im Bett sitzend aus dem Fenster, das wir – obwohl es kalt war – weit geöffnet hatten. Wir wollten immer wissen, dass wir am Meer waren.

Jeder saß für sich warm eingekuschelt an der Wand, das Kissen auf dem Kopf, weil es so wärmer war. Zwischen uns klaffte ein halber Meter.

»Du, Carl?«

»Ja, Ariane.«

»Du, eigentlich, eigentlich sind wir ganz schön blöd, dass wir uns streiten. Wir könnten es so schön haben.«

»Stimmt.«

»Du, ich glaub, das mit der freien Liebe war vielleicht doch nicht so 'ne gute Idee.«

Ich horchte auf.

»Ich meine … Weißt du, Kleiner, ich glaube, du bist noch zu unreif dafür. Wir sollten das verschieben, ganz weit verschieben.«

Die Bemerkung über meinen Entwicklungsstand gefiel mir ganz und gar nicht, aber ich nahm das Friedensangebot dankbar an. Wir rückten zusammen. Sie lag in meinem Arm. Die Seeluft wehte herüber und da es still war, hörten wir die Wellen am Strand.

In der Nacht weckte ich Ariane.

»Guck mal, Ariane, ein Schiff!«

Sie öffnete mühsam die Augen.

»Oh ja! Und so ein schönes! All die Lichter da draußen! Ob die schon schlafen an Bord? Irgendwann fahren wir auch mal mit so einem, ja?«

»Ja, das machen wir. Schlaf schön.«

»Krieg ich noch einen Kuss?«

Am nächsten Tag nach dem Frühstück gingen Ariane und Maja in den Ort. Sie wollten »Shopping machen«. Da würden wir Männer nur stören. Wolf drückte Maja ein paar Scheine in die Hand.

Als sie fort waren, erzählte ich Wolf, was geschehen war und dass wir uns wieder vertragen hatten.

»Na also! Ich hab dir doch gesagt, du siehst Gespenster! Übrigens, ich in deinem Alter hätte das Angebot angenommen. Ist doch geil, so ein Freischein! Mal ehrlich, findste das nicht langweilig? Immer dieselbe, womöglich jahrzehntelang? Na ja, ihr seid ja heute ganz anders als wir damals.«

»Ja wie denn? Wie sind wir denn deiner Ansicht nach?«

»Ihr seid unpolitisch. Wir wollten Strukturen aufbrechen, achtundsechzig! Nur wer in seiner Sexualität frei ist, ist auch politisch frei! Verstehste?«

»Was würdest *du* denn sagen, wenn Maja fremdgeht?«

»Viel Spaß, würd ich sagen! War es gut? Ja?, würd ich sie fragen, wenn sie zurückkommt. Ich hab nichts dagegen, wenn sie sich amüsiert. Fremdgehen, dieses antiquierte Wort allein schon! Kann ich nichts anfangen mit! Macht sie auch ab und zu. Na und ich sowieso. Also, wenn du mal mit Maja willst, probier's doch! Vielleicht bist du ihr Typ! Sie hat da so einen süßen Leberfleck …«

»Bist du gar nicht eifersüchtig?«

»Doch. Wenn sie sich verlieben würde. Ich meine, so mit Haut und Haaren, da wäre ich eifersüchtig. Da hätte ich Angst, sie zu verlieren.«

Er dachte kurz nach und lachte.

»Das Schlimmste aber ist, wenn Maja einen Roman liest, den ein anderer geschrieben hat. Da werde ich rrrasend eifersüchtig!«

»Willst du 'ne Cola, Wolf?«

»Nee, geh mir weg mit dem imperialistischen Gesöff! Mach mir lieber einen Kaffee!«

»Milch oder Zucker?«

»Ja. Weißt du doch.«

Ich ging in die Küche und machte Kaffee. Als ich wiederkam, hatte er sich eine Zigarette angesteckt. Er rauchte selten.

»Haste mal 'nen Aschenbecher?«

»Da, auf der Fensterbank!«

»Wie ist dein Vater eigentlich gestorben?«

»Schlaganfall.«

»Und was ist mit deiner Mutter?«

»Wir haben uns nichts zu sagen.«

»Und bist du traurig?«

Ich sah zu Boden. Ich war sehr traurig. Aber es war nicht zu ändern. Ich sah ihn an.

»Ich hab doch Ariane – und dich.«

»Gott schütze dich, Carl.«

Ich musste schmunzeln. Merkwürdig, dass gerade Wolf mir mit Gott kam. Der war doch überzeugter Atheist. Ich gab ihm eine Kurzgeschichte und er las sie gegen. Er hatte nicht viel zu korrigieren, ein paar Kommafehler, ein oder zwei Formulierungen. Die Geschichte im Ganzen gefiel ihm nicht.

»Wo ist die Moral? Ich meine, ich hab gern einen gesellschaftlichen Bezug. Man merkt gar nicht, wo du stehst. Ich meine, politisch.«

»Für den Klassenkampf bist du zuständig. Ich will nicht verändern. Ich will nur beschreiben.«

»Na ja, vielleicht hast du Glück und es wird gesendet. – Ach übrigens, Carl, nach meiner Kritik: You're a good loser.«

Wolf wollte neue Zigaretten holen und ich begleitete ihn. In einer Seitenstraße sahen wir einige Mannschaftswagen der Polizei. Solch ein Aufgebot in Travemünde! Das war ungewöhnlich. Die Polizisten standen, Helm unterm Arm, auf der Straße. Die Schutzschilde und Gummiknüppel waren hinten in den Wagen verstaut. Es lag Spannung in der Luft. Sie warteten auf ihre Befehle.

In der Ferne tauchte vor dicken schwarzen Wolken ein Hubschrauber auf. Erst hörte man ihn nur, dann sahen wir ihn unter anschwellendem Lärm auf uns zukommen und über unsere Köpfe hinwegknattern. Das Knattern des Hubschraubers drang widerwärtig durch meinen Körper, als hätte jemand eine Schlagbohrmaschine an mich angelegt.

»Nanu, eine Demo?« Wolf rieb sich die Hände.

»Warum hat mir keiner Bescheid gesagt?«

»Deshalb, Wolf. Es sind die anderen.«

Wir waren jetzt um die Ecke gebogen und gingen auf den Zigarettenautomaten zu, der vor dem Kurhaus stand. Ich zeigte auf eine Gruppe junger Männer mit kahl geschorenen Köpfen. Sie gingen in Richtung Strand. Da hatten sich schon einige versammelt. Der Strand erschien auf einmal verwandelt. Ja, richtig, er eignete sich nicht nur zum Ballspielen und Faulenzen, sondern auch für militärähnliche Aufmärsche.

»Verstehst du jetzt, warum ich nicht nur beschreibe, Carl? Als der Krieg zu Ende war, bin ich an der Hand meiner Mutter an Leichenbergen vorbei. Den Gestank habe ich heute noch in der Nase. Solche wie die da dürfen nie wieder an die Macht.«

Sie hatten alle die gleichen schwarzen Stiefel an. »Knobelbecher« hießen sie nach ihrer Form und »Kampfstiefel« nach ihrem Zweck. Ich sah mir einzelne Gesichter an. Sie sahen eigentlich ganz normal aus, der nette Junge von nebenan eben. Nicht alle hatten Glatzen. Aber zusammen in Reih und Glied am Strand, die Augen nach rechts, einen Schritt vor, wirkten sie wie ein Dampfhammer.

Ariane, Maja, Wolf und ich, wir waren Spieluhren, jede klimperte nach ihrer eigenen, schrägen Melodie. Der Dampfhammer kannte nur einen Ton: draufschlagen, immer feste draufschlagen. Sollte er eines Tages wieder den Ton in Deutschland angeben, würde er die Spieluhren zertrümmern.

Ein älteres Ehepaar unterhielt sich auf Schwedisch. Viele Schweden machten in Travemünde Urlaub. Ein Wort verstand ich: »Nazi-Tyskland«, »Nazi-Deutschland«.

»Scheiße!«

Wolf schlug gegen den Automaten.

»Und außerdem haben sie die Zigaretten aufgebraucht.«

7

Am nächsten Tag las ich in der Zeitung eine längere Meldung über den Aufmarsch. Sie hatten im Sand ein menschliches Hakenkreuz formiert, indem sie sich dementsprechend aufstellten. Der Pilot des Polizeihubschraubers hatte es aus der Luft erkannt. Die Polizisten hatten schon den Befehl erhalten, die Demonstranten auseinander zu treiben. (Faschistische Symbole waren seit Kriegsende in jeder Form verboten.) Aber dann war ihnen ein heftiger Regen zuvorgekommen und hatte die Gruppe auseinander getrieben.

Die Schlagzeile war eine andere. Sie lautete »Flug in den Tod«. Aus noch unbekannter Ursache war der Polizeihubschrauber ins Meer gestürzt. Gestern hatte der Hubschrauber mir Angst gemacht, als er über meinen Kopf hinwegratterte. Jetzt taten mir die drei Familienväter leid, die hatten sterben müssen.

Ich faltete die Zeitung zusammen. Ariane und ich beschlossen, heute einmal jeder für sich etwas zu unternehmen. Es würde unsere angeschlagene Liebe sicher auffrischen, wenn wir einander nicht ständig auf der Pelle hockten.

Ich vertrödelte die Zeit im Ort. In einem Spielwarengeschäft entdeckte ich ein Wiking-Modell von genau dem VW-Käfer, in dem wir Anfang der Siebziger nach Travemünde fuhren. Papas Auto! Und auch noch in Grau wie unser alter Wagen! Ich kaufte ihn sofort. Maßstab 1 : 87.

Während ich die Travepromenade entlangging, kramte ich den Käfer aus der Plastikschachtel und ließ ihn auf meiner Handfläche hin- und herrollen. An der Prinzenbrücke gegenüber der *Passat* traf ich Maike und Matthias.

Victor zeigte auf eine Ente, die Maike mit Brot gelockt hatte.

»Da! Dadada!«

Ein Schwan sah das Brot auf dem Boden und rannte darauf zu. Als er in ihre Nähe kam, riss Maike Victor hoch. Der zappelnde Victor erforderte all ihre Aufmerksamkeit.

Matthias zog mich beiseite.

»Du Carl, hinter dem Kurpark auf der kleinen Fußgängerzone, na du weißt schon, die vom Bahnhof zum Strand führt …«

»Du meinst die Bertlingstraße.«

»Ja, kann sein, jedenfalls ist da Rummel. Da solltest du vielleicht mal hingehen.«

»Ja, mach ich, morgen vielleicht.«

»Geh mal besser gleich hin. Ariane ist übrigens auch da.«

Den kleinen Spielplatz, den wir Kinder damals als Ersatz für den *Monoton*-Bauplatz bekamen – man hatte uns, ohne zu fragen, Gold gegen Glasperlen getauscht –, den kleinen Spielplatz, sozusagen unser Indianerreservat, gab es noch immer, am Kurgarten, schräg gegenüber vom Spielcasino.

Wo früher die Holzponys auf ihren Metallfedern gestanden hatten, stand jetzt – ebenfalls auf Metallfedern – ein hölzernes Motorrad mit Beiwagen. Auf dem Motorrad saßen zwei kleine Jungen und schaukelten. Auf den Beiwagen hatten sie ihre Kinderfahrräder gelegt, die mitschaukelten, da der Beiwagen mit dem Motorrad verbunden war. »Brummbrumm! Tatütata! Tatütata!«

Sie warfen ihre Oberkörper mit einer solchen Wucht vor und zurück, dass sie mit den Schaukelmotorrädern vorn und hinten fast auf den Boden aufsetzten. Dann sprangen sie ab, griffen ihre Fahrräder und rasten klingelnd davon. Zwei Mädchen hockten im Gras. Die eine hatte ein totes Insekt in der Hand.

»Das ist bestimmt traurig!«

»Nee, das ist tot!«

»Ja, aber wenn du tot wärst und dich könnte niemand wieder lebendig machen, dann wärst du doch auch traurig!«

Sie warfen das Insekt weg und rannten zur Wippe. Sie verjagten einen kleinen Jungen, der allein neben der Wippe stand und vergeblich versuchte aufzusteigen.

»Weg da, jetzt sind wir dran! Wir können viel doller!«

Ich ging weiter. Ich fühlte mich irgendwie sonderbar. Was hatte Matthias gemeint? Ich müsse unbedingt auf den Rummel, hatte er gesagt. Dabei wusste er doch, dass mir Jahrmärkte wenig Spaß machten.

Jahrmarkt an der Ostsee, das war schon ein ganz besonderer Anblick: Den Travemünder Bahnhof im Rücken, stand ich vor einer langen Flucht von Ständen und Buden, die sich zum Meer hin öffnete. Hier buntes Treiben, am Horizont blaue Ruhe.

Ich sah mich nach Ariane um, konnte sie aber nirgends entdecken. Sie war wohl schon zurück ins Haus gegangen.

»'tschuldigung!« Eine Frau, die Arm in Arm mit ihrem Liebsten über den Rummel bummelte, hatte mich angestoßen.

Eine Sekunde lang sog ich den Duft ihrer Haare ein, der sich mit einer Brise Meeresluft mischte. Aber nun war sie schon wieder weg. Ich hatte Zeit. Ich schlenderte von Bude zu Bude. Der Duft von gebrannten Mandeln lockte, aber ich wusste, dass ich jedes Mal enttäuscht war, wenn ich sie aß. Der Geruch war einmalig, der Geschmack hauptsächlich süß.

Dann roch es nach Bratwurst. Drei Männer in Schürzen standen vor einem langen Grill und wendeten Schinkenwürste. Ein anderer zapfte Pils. Das Bier sah erfrischend aus. Aber ich wollte erst einmal alles gesehen haben und dann auf dem Rückweg essen und trinken.

Französische Crêpes gab es, wahlweise mit Zimt und Zucker oder mit Schokolade oder Erdbeersauce oder Eierlikör oder Cointreau.

»Oh!«

»Macht nix.«

Die Zuckerwatte einer Frau war an meiner Jacke kleben geblieben. Auf dem Rückweg wollte ich Ariane einen Liebesapfel kaufen. Die sauren Äpfel mit dem süßen, roten Zuckerguß mochte sie so gern. Da sah ich einen Stand mit Lebkuchenherzen!

»Ein Lebkuchenherz, bitte!«

»Welches hätten Sie denn gern, junger Mann?«

»Das da!«

»*Immer dein.* Bitte schön. Ist wohl für die Liebste, was?«

»Genau.«

»Wie heißt sie denn?«

»Ariane.«

»Schöner Name.«

Ich fand es toll, wie offen und ausgelassen die Leute waren, so fröhlich, so frei, so verschmust oder aufgekratzt. Im Büro, in der Werkstatt oder in der Fabrik herrschte gewöhnlich eine andere Atmosphäre – leider.

Auf dem Jahrmarkt wurden verstockte Abteilungsleiter, die sonst allein durch ihr Erscheinen ihre Untergebenen zur Disziplin mahnten, plötzlich zu Stimmungskanonen. Sie standen mit Freunden am Tisch, schmissen eine neue Runde und rissen Witze.

Warum war man sonst so steif? Ein Clown sprang mir vor

die Füße. »Na, was nun?«, sagte seine Mimik und die Umstehenden lachten. Er zeigte auf mein Lebkuchenherz, fasste sich auf sein Herz, sah betont schwärmerisch in die Luft und tanzte allein ein paar Walzerschritte. Nach ein paar Drehungen hielt er vor mir, zog eine Banane aus seiner weiten Hosentasche und gab sie mir. Ich nahm sie, pulte sie auf, aß und sah ihn kauend an. Er schaute sich um zu unserem Publikum und nickte, kam auf mich zugerannt, zeigte auf die Banane, rannte zum Publikum, rannte immer so hin und her, während ich die Banane aß. Dabei machte er Handstand und Purzelbäume, fiel hin und stand wieder auf, hüpfte auf der Stelle und watschelte mit kurzen, schnellen Schritten.

Er zeigte auf den Rest der Banane. Die Hälfte hatte ich schon gegessen. Er schüttelte den Kopf. Dann öffnete er den Mund, zeigte hinein und nickte mit weit aufgerissenen Augen. Ich gab ihm die Banane zurück. Die Maske verstärkte seine Mimik. Er hatte einen riesigen Mund gemalt, der sowohl sein Lachen als auch sein Weinen verzehnfachte.

Er trug weite plustrige Hosen, in denen er wie ein Baby ging. Er holte sich Messer und Gabel, die so groß waren wie eine Schaufel und eine Harke, legte die Banane auf einen Teller vom Umfang eines Autoreifens und stocherte unbeholfen mit seinem Riesenbesteck darauf herum. Dann nahm er die Banane mit der Hand und schmierte sie sich quer über den Mund.

Jetzt holte er eine überdimensionale Babyflasche und watschelte zum Bierstand. Er hielt sie dem Wirt hin. Der lachte und goss ein gerade gezapftes großes Bier hinein. Der Clown reichte ihm auch den riesigen Nucki. Der Wirt spielte mit, verschraubte die Flasche, reichte sie kopfschüttelnd über den Tresen und der Clown trank nuckelnd das Bier.

Dann schwang er sich auf sein Einrad und radelte, einen

Hut in der Hand, an den Umstehenden vorbei. Ich warf ein Markstück in den Hut. Jetzt radelte der Clown freihändig Richtung Meer davon.

An einer Losbude ertönte eine Glocke. Auf der Tribüne stand vor einer Wand von Stofftieren ein Losverkäufer, die eine Hand souverän am Jackett, in der anderen das Mikrofon. Neben ihm stand ein Mädchen und blickte freudestrahlend zu ihm hinauf.

»Na, denn do mi mol dat Loos her, mien Deern!«

Er läutete erneut seine Glocke.

»Hauptgewinn! Lüüd! Hauptgewinn!«

Er hockte sich neben die Kleine und nahm sie in den Arm.

»Wat wull du hebben?!«

Sie zeigte zu einem Stofftier.

»Wat?! Ick hör nix!«

Er hielt ihr das Mikrofon hin.

»Das Krokodil!«

Die Umstehenden lachten, als die helle Stimme des Mädchens auf einmal aus den Lautsprecherboxen drang. Er reichte ihr ein Stoffkrokodil, das größer war als sie selbst.

»Denn sack dat Best man in!«

Die Kleine nahm ihren Hauptgewinn und kletterte mit Papas Hilfe von der Tribüne herunter. Die Mutter wollte das schwere Stofftier tragen, aber die Kleine gab es nicht her; lieber schleifte sie es über den Boden, den schmutzigen Boden, mit sich.

Ich ging weiter. Auf der Drehscheibe eines Karussells drehten sich Miniaturfahrzeuge: In einem roten Feuerwehrauto saß ein kleiner Junge und lenkte aufgeregt, als könne er vom Weg abkommen und einen Unfall bauen oder als habe er es tatsächlich eilig, zu einem Brand zu kommen, etwa um die im Mietshaus wohnenden Stofftiere zu retten. Dahinter saß lässig ein anderer Junge in einem offenen Sportwagen, den Ellbogen aufgesetzt, das Lenkrad in einer Hand. Selbstbewusst lächelte er seiner Mama zu, die bei seinem Anblick dahinschmolz. »Hach, ist mein Junge nicht wundervoll!«, sagte ihr ganzer Körper. Und er grinste siegessicher.

Andere Mütter nutzten die Gelegenheit, um einmal in Ruhe in die Luft zu gucken oder eine Zigarette zu rauchen. Zwei Mädchen fuhren nebeneinander auf Motorrädern. Ein anderes saß auf einem Schimmel auf schnörkelig gemaltem Sattel. Der Schimmel wieherte lautlos und das Mädchen gab ihm die Sporen.

Noch einmal Kind sein, dachte ich, und nicht wissen, dass die Zeit vergeht.

Das Karussell hielt. Mütter und Väter holten ihre Kinder. Ein Vater hob seine Tochter von einem Tiger herunter. Er warf sie in die Luft, fing sie auf, schleuderte sie umher. Das Mädchen schrie und quiekte vor Freude. Papa war das beste Karussell! Ein Miniaturriesenrad war da, kaum höher als die Bäume des Kurparks. Ich reihte mich ein in die Schlange der Wartenden.

Was Karussells anging, war ich ein absoluter Feigling. Ob es daran lag, dass ich als kleines Kind einmal vom Karussell gefallen war? Ich hatte keine Erinnerung daran, wusste es nur aus Erzählungen. Es war auf einem Travemünder Volksfest.

Aus der Perspektive eines laufenden Meters, eines Dreikäsehochs, eines Zwerges oder wie man Kleinkinder noch bezeichnen mag, war der Jahrmarkt ein gigantisches Ereignis! Erwachsene, die einen nicht wahrnahmen, da man ihnen nur bis zur Hüfte reichte, war man ja schon eine Weile gewöhnt, auch Lärm, der besonders aufregend war, wenn ein Feuerwehrwagen leuchtend rot vorbeifuhr, gehörte bereits zum Alltag, aber dieses Ereignis war neu, absolut neu. Eben noch waren sie am Strand spazieren gegangen, eben noch hatte der kleine Junge über das Meer gestaunt, die Wellen, die angelaufen kamen, sich wieder zurückzogen und – wenn man ihnen hinterherrannte – plötzlich wieder auf einen zurollten. Und jetzt das: Jahrmarkt am Meer. Und dann durfte er auch noch selbst Autofahren! Toll! Papa hatte ihn in den kleinen Feuerwehrwagen mit der Leiter hinten und der Glocke in Griffhöhe gesetzt. Er läutete wie verrückt, denn immer sah es so aus, als würde er in die Menge rasen! Sein Herz schlug wild! Warum gingen die Erwachsenen nicht aus dem Weg?! Glücklicherweise hatte er das Steuer fest im Griff und konnte den Wagen immer noch rechtzeitig in die Kurve bringen! Schweiß stand auf seiner Stirn! Das Tempo war atemberaubend! Von überall her drang ein irrsinniger Wirrwarr von Menschenstimmen! Irgendwann wurde es ihm zu bunt! Er stieg aus! Er fiel! Er stürzte auf die Plattform, mit der sich Feuerwehrwagen, Polizeiauto, Kutsche und all die Tiere im Kreis drehten! Sein Kopf lag über dem Rand der Plattform und steuerte gerade auf einen Pfahl zu, ein Zusammenstoß schien unvermeidlich … da riss ihn jemand an sich! Gerettet.

Seine Mutter eilte herbei.

»Mein Kind! Mein Kind! Danke! Danke! Wie kann ich Ihnen nur danken!«

»Da nich für«, sagte der Mann, hob seine Pfeife auf, die er hatte fallen lassen, wischte ein wenig Dreck vom Pfeifenkopf, steckte sie in seine Brusttasche, schob die Hände in die Hosentaschen und stapfte davon.

Woran auch immer es lag, ich hatte Angst vor Karussells. Niemand bekam mich in die Achterbahn und auch andere Attraktionen, bei denen man sich überschlug, an eine Wand gedrückt wurde oder so sehr beschleunigte, dass einem sämtliche Innereien durcheinander geworfen wurden, reizten mich nicht. Ich brauchte schon all meinen Mut für die Wasserrutsche. Daher war es eine kleine Leistung, als ich in eine Gondel des Riesenrads stieg.

Ich saß zusammen mit einer Mutter und ihrer vielleicht vierjährigen Tochter. Die Mutter lächelte unsicher. Das Mädchen rückte an sie heran.

Die Gondel hatte einen Innengriff, an dem man sie um die eigene Achse drehen konnte, so dass sie nicht nur in ihrem langsamen Tempo hinauffahren, sondern sich auch weit schneller um sich selbst drehen konnte. Die Kleine versuchte zu drehen, aber ihre Kraft reichte nicht. Ich half ihr und drehte ein wenig. Sie war begeistert.

»Doller, doller, bitte doller!«

Ich gab unserer Gondel etwas mehr Schwung, dann ließ ich sie auslaufen. Jetzt waren wir fast ganz oben. Über die Bäume hinweg sah ich bereits das Dach des Musikpavillons. Hier wurden von Juni bis September Kurkonzerte gegeben. Das Programm war so gemischt wie die Leute, die nach Travemünde kamen. Es reichte von Jazz über Mozart bis hin zu Schlagerschnulzen und Tschingderassabum-Kapellen, vor denen ich Reißaus nahm.

Da drüben war das Spielcasino. Vielleicht war das Casino – mehr noch als die *Passat* – das heimliche Wahrzeichen Travemündes, auch wenn es auf keinem T-Shirt abgebildet war. Der großzügige weiße Bau mit seinen Arkaden und der Dachterrasse, auf der die Flaggen Europas wehten, das prachtvolle Gebäude mit dem roten Spitzdach, aus dem sich zum Meer hin eine Kuppel wölbte, war ein Magnet. Aus dem gesamten norddeutschen Umland, manche hätten stolz gesagt, aus halb Europa, kamen Gäste zum Spielen hierher, oft ohne auch nur das geringste Interesse am Meer zu haben. Dostojewski hatte hier vor gut hundert Jahren gespielt. Ich hatte mich noch nie hineingetraut.

Jetzt waren wir oben angekommen. Es war nicht gerade

riesig, das Riesenrad, aber über die Bäume konnte man schon sehen. Ich schaute zur Steilküste mit dem Wäldchen obenauf, dann über das Meer, wo am Horizont zwei Fähren aneinander vorbeizogen. Von hier aus wirkte es, als würden sie aneinander entlangschrammen, aber es war sicher genügend Abstand zwischen ihnen. Ich sah hinüber zur Mole, neben der die Trave in die Lübecker Bucht mündet. Dann sah ich den hellen Strand und die breite Strandpromenade entlang. Schließlich schaute ich nach unten zum Treiben des Jahrmarktes. Dort sah ich Ariane. Sie lag in den Armen von – ich sah noch einmal hin –, sie schmiegte sich an Wolf, an meinen besten Freund Wolf, und ließ sich küssen. War das Ariane? Von weitem sahen ihr viele ähnlich. Es half nichts, sie war es.

Ich fasste nach dem Innengriff der Gondel und drehte wie ein Irrsinniger, drehte und drehte, bis mich die Kraft verließ und ich bemerkte, wie die Mutter kreischend und unter großen Mühen die Gondel anhielt. Das Mädchen weinte. Das war wohl doch etwas zu heftig gewesen.

»Entschuldigung«, sagte ich leise.

Mir war ganz schwindelig. Es dauerte eine Ewigkeit, bis wir wieder unten waren. Ich wollte zu Ariane und Wolf gehen und sie zur Rede stellen. Dahinten sah ich die beiden Arm in Arm über den Jahrmarkt schlendern. Jetzt, endlich, jetzt waren wir unten. Ich stolperte, weil ich zu hastig aus der Gondel stieg, und fiel in den Dreck. Ich stand auf und klopfte mich ab.

»Ja, dann … auf Wiedersehen!«

Die Mutter reichte mir die Hand. An der anderen Hand hielt sie ihr Kind. Ach die, die hatte ich gar nicht mehr auf der Rechnung.

»Jaja, auf Wiedersehen!«

Ich blickte in die Richtung, in die Ariane und Wolf

gegangen waren. Ich konnte sie nicht mehr entdecken. Vielleicht war es noch möglich, sie einzuholen.

Im Karussell saßen jetzt andere Kinder. Eigentlich war es stumpfsinnig, wie sie sich festhielten an ihren Autoattrappen und im Kreis gedreht wurden, eine äußerst passive Beschäftigung, wenn man mal davon absah, dass im Feuerwehrauto eine Glocke hing, die man läuten konnte.

Die Mengen Würste auf dem Grill da drüben ekelten mich an. Ein widerlicher Geruch von Fett zog zu mir herüber. Da war der Clown. Er zog die übliche Nummer mit der Banane ab. Diesmal war eine Frau sein Opfer. Er war schon leicht angetrunken vom ewigen Biernuckeln.

Der Losverkäufer strich sich seine schmierigen Haare zurecht. Er schwitzte. Vielleicht war sein billiges Sakko zu warm oder es strengte ihn so an, den Eimer mit den Losen zu schütteln.

»Loose, leeve Lüüt, Loose!«

Die Leute gingen an ihm vorbei. Er kämpfte um seine Existenz. Ich kaufte ein Los. Ariane und Wolf hatte ich sowieso verloren. Und es hieß doch, Pech im Spiel, Glück in der Liebe. Der Umkehrschluss – Pech in der Liebe, Glück im Spiel – war allerdings nicht zutreffend. Ich zog eine Niete. Ich ließ sie auf den Boden fallen, wo schon so viele andere lagen, und ging weiter. Jetzt erst merkte ich, dass ich ja noch das Herz für Ariane um den Hals hängen hatte, *immer dein*, ha! Ich riss es ab, warf es in den Schmutz und trat noch einmal drauf.

»He, Sie! Was machen Sie da! Das ist ja unerhört! Man tritt nicht auf Essen! Andere Menschen in der Welt hungern!«

Gleich mehrere umringten mich und schimpften auf mich ein. Ob ich wüsste, wie das ist, wenn man hungert?! Er habe es erlebt, fünfundvierzig, sagte ein Mann. Das täte mir auch einmal gut! Einfach ein Lebkuchenherz auf den Boden werfen! In seiner Jugend hätte es das nicht gegeben! Aber heutzutage sei ja alles erlaubt! Wir brauchten wieder einen wie …

Ich hielt mir die Ohren zu und ging schnell weiter. Ich wusste, welchen Namen er jetzt nennen würde. Ich musste weg hier, einfach schnell weg. Die Leute, sie waren alle im Weg. Geradeaus war kein Vorwärtskommen. Ich verdrückte mich seitwärts zwischen zwei Buden, stieg und stolperte über Anhängerkupplungen und dicke Stromkabel und kam an den Toilettenhäuschen heraus. Ein Besoffener stützte sich an einem Baum ab und erbrach sich. Ich wandte mich ab und ging weiter. Immer schneller ging ich, bis ich lief. Wohin wollte ich? Meine Beine trugen mich zu unserem Lebkuchenhaus.

Maja stand vor einer Staffelei auf der Terrasse und malte. Ich stürzte zu ihr und ließ die Bombe platzen. Sie trat einen Schritt zurück und zeigte mit dem Pinsel auf ihr Bild.

»Sag mal, wie findest du den gelben Streifen da? Das ist der Strand da drüben auf der anderen Seite.«

Sie zeigte zum Priwall, der Halbinsel, wo im Sommer die Nackten baden durften.

»Ich find meinen Streifen besser als das Original.«

»Nee, hör mal, Maja, du hast mir nicht zugehört, also Ariane und Wolf, die …«

»Jaja, ich dachte mir schon so was. Würdest du hier einen orangen Akzent setzen, Carl?«

»Ey, ich will mit dir reden, ernsthaft!«

»Ich mein das ernst. Ich überlege, ob orange …«

Ich setzte mich auf den Boden und raufte die Haare.

»Bin ich verrückt oder du?«

»Ich, ich bin verrückt, eindeutig. Du bist völlig normal, Carl, stinknormal, normaler geht's schon gar nicht mehr. Hast aber ganz hübsche Nackenhaare.«

Sie kraulte meinen Nacken. Sie hatte den Pinsel weggelegt und sich neben mich gehockt. Jetzt nahm sie mein Gesicht in beide Hände, um mich anzuschauen. Ich verbarg meinen Kopf in ihrem Schoß und heulte wie ein Schlosshund. Als ich mich beruhigt hatte, klagte ich ihr mein Leid.

»Ariane hier, Ariane da, warum kümmerst du dich so viel um ihre Liebschaften? Kümmer dich doch lieber um deine eigenen.«

Ich sah sie an. Sie lächelte. Jetzt musste ich lachen. Dann wieder heulen. Ich ging ins Bad, um mein Gesicht zu waschen. Es fühlte sich heiß an. Ich sah in den Spiegel. Ich mochte mich nicht leiden. Ich schnitt und rasierte wie im Fieber an meinem Schnäuzer herum. Schließlich war der Bart ab. Ich ertastete die Stelle, wo er gewesen war und an die seit acht Jahren kein Lüftchen gekommen war. Das neu entdeckte Stückchen Haut kitzelte aufregend.

8

Das Meer schien grenzenlos. Ich lief. Die Möwen begrüßten mich als ihren Freund. Ihr wildes Gekreische begleitete mich. Ich lief am Strand entlang, dicht am Wasser, da, wo der Sand feucht und fest war. Ich hatte wieder richtigen Boden unter den Füßen. Der Pulversand, in dem man versackte, der einen mit jedem Schritt wegrutschen ließ, war nicht mein Fall. Ariane. Wolf. Ich. Ich wollte nicht denken. Ich wollte laufen.

Der Bart war ab. Der Wind spielte mit mir. Er stemmte sich gegen mich und tat aus Spaß, als würde es ihn anstrengen. Ich war aus der Übung gekommen. Meine Beine wunderten sich. Wenn mich die Kraft verließ, schob der Wind mich gutmütig säuselnd wieder an.

Unter den Turnschuhen krachten die Miesmuscheln. Über mir kräuselte der Abendhimmel nachdenklich die Stirn. Es dämmerte. Die Wellen schlugen ans Ufer und gaben meinem Lauf den Takt. Ich hatte Vertrauen zum Meer. Es hatte mich schon oft getragen. Und es war verschwiegen. Man konnte ihm Geheimnisse anvertrauen. Es verwischte sogar meine Spuren im Sand.

Ich keuchte wie eine Lokomotive. Ich musste Pausen machen, stehen bleiben, langsam gehen. Dann weiterlaufen. Ich hatte Seitenstiche. Keine Kondition mehr, und das mit fünfundzwanzig! Aber ich würde mich schon wieder ans Laufen gewöhnen. Da waren keine müden Arme mehr, die mich morgens zärtlich zurück ins warme Bett ziehen würden. Ab jetzt konnte ich jederzeit die Turnschuhe schnüren. Ich war wieder frei! Ich war allein. Ich lief. Es war dunkel geworden. Ende September wurde es schon früher dunkel. Die Nacht nahm mich in ihren Schoß.

Als ich ins Lebkuchenhäuschen zurückkam und die Treppe hochging, fand ich Ariane schlafend. Zum Glück lag Wolf nicht bei ihr. Ich legte mich neben sie ins Bett und schlief sofort ein. Ich fiel in einen tiefen Schlaf, träumte schwer und wachte am Morgen so angestrengt auf, als hätte ich die ganze Nacht gearbeitet.

Regen prasselte an die Scheiben. Ich stieg aus dem Bett und ging ans Fenster. Ich zog den Vorhang ein wenig beiseite und sah hinaus. Die Sonne hatte sich hinter grauen Wolken versteckt, aber das störte mich nicht. So ein Wetter war oft in dieser Gegend: Man konnte gerade einmal den Tag von der Nacht unterscheiden. Aber man sah nicht, wie spät es war. Die Sonne verschlief einen ganzen Tag hinter Wolken, und man selbst wäre auch am liebsten gemütlich im Bett geblieben. An einem solchen Tag gab es nur eines, man musste es sich so schön wie möglich machen: eine Kerze anzünden am Frühstückstisch, viel Zeit verdaddeln, ein Buch lesen, in dem die Sonne schien, oder ins Schwimmbad gehen und den Körper verwöhnen. Ich schlich mich aus dem Schlafzimmer und ließ Ariane weiterschlafen. Ich ging ins Bad und rasierte mich. Die Stelle, wo mein Schnäuzer gewesen war, kitzelte noch immer. Sie war weißer als die Kinnpartie. Ich wusch nur kurz das Gesicht. Ich würde im Schwimmbad duschen. Ich rieb mein Gesicht mit Rasierwasser ein und packte mein Schwimmzeug.

Ich ging die Treppe hinab. Im Wohnzimmer stieg ich über Wolf und Maja, die auf dem aufgeklappten Sofa schliefen. Wolf hatte sich in Embryonalstellung bei Maja eingekuschelt, sie hatte sich um ihn geschmiegt. Wie ein großer Teddy in den Armen eines kleinen Mädchens lag er dort. Die Decke lag nur über ihren Hüften. Sie waren beide nackt. Ich ging ans Fenster und sah hinaus aufs Meer. Dann verließ ich das Haus.

Leise schloss ich die Tür. Ich wollte niemanden wecken. Auf der Promenade kam mir eine Nonne entgegengeradelt. Sie hatte offensichtlich so viel Freude am Radfahren, dass sie übers ganze Gesicht strahlte. Ich musste auch lachen. Sie drehte sich nach mir um und stürzte. Ich lief hin, um ihr aufzuhelfen. Ihre Nonnentracht hatte sich in den Speichen verwickelt. Ich pulte sie mühsam heraus, während die Nonne geduldig am Boden wartete. Endlich war es geschafft! Sie stand vor mir und ich drückte ihr den Lenker in die Hand. Ich hatte ein schlechtes Gewissen, weil ich etwas mit ihrem Sturz zu tun hatte. Ich entschuldigte mich mehrfach.

»Aber das macht doch nichts.«

Ich hatte immer noch ein schlechtes Gewissen, weil sie eine Nonne war und weil sie mir so schnell verzieh. Ihre Tracht war etwas eingerissen und es war Schmiere darauf gekommen. Ich zog einen Hundertmarkschein.

»Kann ich Ihnen die Reinigung und die Reparatur bezahlen?«

»Wie kommen Sie denn darauf? Sie können doch nichts dafür, wenn ich vom Fahrrad falle.«

Sie lachte herzhaft über sich selbst.

»Darf ich Sie wenigstens zu einem Kaffee einladen? Oder dürfen Sie nicht …«

»Doch, gern. Unsere Klosterordnung sieht keine Vorschrift vor, die Kaffee verbietet. Und er«, sie sah nach oben und lächelte verschmitzt, »wird auch nichts dagegen haben.«

Wir gingen in ein Café mit Blick aufs Meer. Die anderen Gäste sahen auf. Eine Nonne kam nicht so oft ins Café, schon gar nicht in Herrenbegleitung. Zwei junge Frauen tuschelten. Ich war wohl ihr Cousin oder so etwas. Immerhin hatten auch Nonnen eine weltliche Vergangenheit, waren in irgendeine ganz normale Familie hineingeboren, in der es Liebe und Streit, Fortpflanzung und Erbschaftsauseinandersetzungen gab.

Wir setzten uns. Sie hatte die Haare fest zusammengebunden. Ich fand es schon ziemlich merkwürdig, dass ich jetzt ausgerechnet mit einer Nonne hier saß. Ich hatte eigentlich ein wenig im Schwimmbad flirten wollen. Aber bei meinem Pech mit Ariane war dies noch die Krönung und deshalb gefiel es mir fast schon wieder. Außerdem war sie sehr sympathisch und ich fand es interessant, einmal mit einem Menschen zu sprechen, der so ganz anders war und lebte als ich.

»Ja …«

Sie lächelte aufmunternd.

»Ja also, ich bin Carl. Und Sie sind …?«

»Ich heiße Feline, Schwester Feline. Ich habe Sie übrigens schon einmal gesehen, auf der Steilküste mit Ihrer Freundin. Hatten Sie da nicht noch …« Sie deutete auf die Stelle unter ihrer Nase.

»Der Schnäuzer ist ab.«

»Ach, schade.«

Ich fragte sie aus über das Klosterleben, über den Garten und das Müttergenesungsheim. Ich fragte auch, ob es einen riesigen Weinkeller in den Gewölben des Klosters gebe. Sie antwortete freundlich und lachte nachsichtig über meine Unwissenheit. Sie kicherte. Sie hatte einen kleinen Kaffeerausch. Nach der fünften Tasse stellte auch sie mir eine Frage.

»Sagen Sie einmal … ich weiß nicht so recht, ob ich Sie fragen darf …«

»Doch, doch, fragen Sie, fragen Sie! Alles, alles, was sie wollen!«

Ich lächelte sanft und aufmunternd.

»Gut. Na denn. Finden Sie es komisch, wenn eine Frau von Mitte zwanzig noch Jungfrau ist?«

Ich erschrak ein wenig, fasste mich aber schnell. Ich hatte schon immer gefunden, dass es keine verbotenen Fragen gab. Und immerhin, ich hatte sie über ihr Klosterleben ausgefragt, da war es doch nur verständlich, dass sie im Gegenzug auch etwas über die Welt außerhalb der Klostermauern erfahren wollte.

»Aber nein! Das ist doch die ureigenste Sache einer Frau! Das entscheidet sie ganz allein.«

»Die ureigenste Sache einer Frau.«

Sie wiederholte langsam meine Worte. Dann sprach sie sehr leise weiter.

»Würden Sie …«

Sie errötete.

»Möchtest du mit mir schlafen?«

Das Meer. Der Strand. Das Meer schwemmte den Sand an, den es an den holsteinischen und mecklenburgischen Steilufern abbrach. Es war immer in Bewegung. Es sah so ruhig aus, das Meer, so tatenlos. Es schien nichts zu bewirken. Aber mit der Zeit konnte es die massivsten Felsen abbauen. Das Meer veränderte.

Ich kam spät in das Ferienhäuschen zurück. Der Mond stand weiß und voll über dem Meer und leuchtete das Wohnzimmer aus. Maja saß auf einem Stuhl, ganz nach vorn gerückt, aufrecht und aufmerksam vor der Staffelei. Die linke Hand lag, als wolle sie etwas greifen, auf dem linken Bein. In der rechten Hand hielt sie den Pinsel. Ihre Haare waren wirr und ungeordnet, ihr Gesicht klar und ausdruckslos. Ihr Blick ruhte auf dem Bild, an dem sie arbeitete. Ich ging auf sie zu. Ihr Mund sah so weich aus, dass ich sie am liebsten sofort geküsst hätte.

»Hallo, Maja!«

Sie drehte sich nicht um, betrachtete ihr Bild.

»Hallo, Carl! Und? Hattest du einen schönen Tag?«

»Ja. Einen schönen Tag und einen ereignisreichen! Sonst erlebe ich in einem Jahr …«

»Das dachte ich mir.«

Sie konzentrierte sich weiter auf ihre Malerei. Ich wollte nicht stören und ging in Richtung Treppe.

»Da würd ich jetzt nicht hochgehen.«

»Wieso?«

»Wolf und Ariane sind oben.«

Ich schluckte.

»Na, was?! Wollen wir sie nicht aus dem Bett werfen?!«

Sie sah mich mit einem prüfenden Blick an.

»Okay, okay ist schon gut. Aber wo soll ich denn schlafen?«

»Kannst bei mir pennen.«

Sie zeigte auf das Sofa, das schon ausgeklappt und zum Bett hergerichtet war.

»Stört dich doch wohl nicht, dass Wolf in der Bettwäsche geschlafen hat. Immerhin seid ihr Freunde.«

»Ja, sozusagen. Und er benutzt oben ja auch meine.«

Ich ging zu Maja, stand jetzt hinter ihr, sah auf ihr Bild und legte meine Hand auf ihre Schulter.

»Du, ähm, Carl, ich muss arbeiten. Es geht grade so schön. Stör mich jetzt bitte nicht.«

Ich verzog mich ins Bett und betrachtete sie von dort aus. Oben vögelte Wolf Ariane. Und Maja hatte mir gerade eine Abfuhr erteilt. Ich drehte mich auf die Seite und schlief wütend ein. Vielleicht hatte ich ja Glück und würde Ariane und Wolf wenigstens im Traum verprügeln.

Als ich aufwachte, war es noch dunkel, und nur ein schwaches, milchiges Licht drang von der Strandpromenade herüber. Das musste eine der Laternen sein, die an der Promenade entlang aufgestellt waren.

Wir hatten die Terrassentür leicht geöffnet, man konnte das Meer hören, wie es ans Ufer schlug, aber man konnte es nicht sehen. Der Morgennebel hatte sich über Travemünde gelegt und es zu einer geheimnisvollen Gegend gemacht. Hinter dem Nebel hätte sich alles verbergen können. Man sah nichts als grauen Dunst. Nur die wenigen Töne, die gedämpft durch den Nebel drangen, gaben Aufschluss über den Ort, an dem wir uns befanden: ein Dampfertuten, das Scheppern eines Fahrrades, das heisere Kläffen eines Hundes, Schritte von weitem, der Schrei einer Möwe, das Meer. Die Hängepflanzen auf der Terrasse waren vor dem Nebel erstarrt und wirkten unecht wie Abbildungen in einem Biologie-Lehrbuch. Ich setzte mich auf und lehnte mich gegen die Wand. Jetzt müsste man einen Kaffee haben. Aber ich war zu faul, einen zu kochen.

Neben mir lag Maja und hatte den Daumen wie ein Baby halb im Mund. Ich musste lachen. Sie schlug die Augen auf.

»Wwwa was iss?«

»Nichts, gar nichts. Entschuldige, wenn ich dich geweckt habe. Schlaf weiter.« Ich stand auf und zog meine Jeans an.

»Was machst du?«

»Ich gehe spazieren.«

Ihre Augen blinzelten. Sie versuchte mich anzusehen, war aber noch zu schläfrig.

»Warte, ich komme mit.«

Maja schloss die Haustür leise hinter sich, dann kam sie zu mir. Wir gingen durch eine schmale Gasse zur Promenade. Der Bewegungsmelder des Nachbarhauses, der sonst nachts ständig anging, von jedem sich bewegenden Ast ausgelöst, blieb diesmal aus. Der Nebel hüllte uns ein. Maja kuschelte sich an mich und ich nahm sie in den Arm.

Wir gingen ans Meer. Wir konnten gerade den Sand unter unseren Schuhen sehen und plötzlich das Wasser, das ans Ufer schlug und sich wieder zurückzog, um den Vorgang zu wiederholen. Wir blieben stehen. Ich hörte ihren Atem. Die Luft war feucht. Ich hatte immer noch meinen Arm um Maja gelegt. Ich mochte sie nicht loslassen. Wir küssten uns. Der erste Kuss. Ich streichelte ihren Rücken, der sich hauchzart anfühlte wie ganz dünne Schokoladenplätzchen, die man nicht zerbrechen will, bevor sie auf der Zunge zergehen. Ihr Po war der eines Kindes. Sie strich über meine Jacke. Ich zog die Jacke aus und legte sie in den Sand. Wir machten es uns bequem. Es war noch kühl, aber was machte das schon? Der Sand war nicht zu fest und nicht zu lose. Ich vergrub mich in ihren Haaren, deren Duft sich mit dem vom Meer und vom Morgen mischte.

Als der Morgennebel sich aufgelöst hatte, gingen wir schwimmen. Das Meer fühlte sich eisig an auf der nackten Haut. Es hatte vielleicht vierzehn Grad oder sogar weniger. Wir spritzten uns nass. Wir spielten auf der Sandbank Kriegen. (Es war schwer, im knietiefen Wasser zu laufen.) Wir ließen uns mit weit ausgestreckten Armen ins Wasser fallen. Wir umarmten einander immer wieder. Im kalten Wasser in ihren Armen fühlte ich mich geborgen wie ein Baby und doch war sie aufregend fremd. Sie nahm meinen Kopf in ihre Hände und küsste mich. Meine Haut nahm alles wahr: Wasser, Wind und vor allem Maja, die rote, rote Maja.

Wir trockneten uns notdürftig mit unseren Unterhemden ab und zogen den Rest unserer Kleidung wieder an. Sie lachte so schön. Wir gingen in Richtung Steilküste. Der Wind sang Maja, immerzu Maja. War ich irgendwann einmal in meinem Leben unglücklich gewesen? Das musste hundert Jahre her sein. Das Leben lachte wieder. Die kleinen Wellen plätscherten zärtlich an die Felsbrocken, die den Weg zur Steilküste vor dem Meer beschützten. Auf der Steilküste war ein kleines Wäldchen. Eine Treppe führte hinauf.

»Wer zuerst oben ist!«

Maja rannte los. Zwei Stufen vor dem Ziel holte ich sie ein. Sie blieb stehen und küsste mich. Wir küssten uns lange. Ich war in einem angenehmen zeitlosen Dämmerzustand und genoss die behagliche Wärme, die in mich einströmte. Auf einmal riss sie sich los und war mit zwei Schritten oben.

»Gewonnen!«

»He, das war unfair!«

»Nee, das war schlau!«

Sie lief davon und ich fing sie ein. Die Jungen fangen die Mädchen, wie oft hatten wir das als Kinder am Strand gespielt! Aber wir waren ja noch Kinder! Vielleicht durften wir noch ein ganz klein bisschen Kinder bleiben, bitte, bitte, bloß noch nicht erwachsen sein! Bloß noch nicht ...

Maja nahm meine Hand. Wir gingen barfuß durchs Laub. Es raschelte so schön. Maja schlenkerte mit unseren Armen. Wir sahen uns an. Ein alter, knorriger Baum schloss gutmütig seine müden Augen, als wir an ihm vorübergingen. Maja blieb stehen und streichelte ihn. Alles sprach zu mir: die Blätter im Wind, das Rauschen des Meeres, die Möwen im Flug, sie alle flüsterten Maja, Maja, Maja.

Wir gingen nach Niendorf und vertrödelten den Tag. Wir bauten ein Schloss aus Sand. Immer wieder berührten sich unsere Hände. Wir rannten um die Wette den Steg zum Meer hinaus, setzten uns ans Ende und ließen die Füße über dem Wasser baumeln. Sie balancierte lachend auf dem Geländer und ich bekam Angst um sie. Ich kletterte an einem Pfahl hinab und holte ihr eine Schnecke. Und Maja freute sich, weil ich das für sie getan hatte.

Ich hatte Geld dabei. In einem Stehcafé holten wir uns Kaffee in Pappbechern und tranken ihn am Ufer. In den leeren Pappbechern sammelten wir Muscheln und Steinchen. Mittags gingen wir in ein Restaurant.

»Wollen wir da wirklich rein?«

Maja zeigte auf den roten Teppich, der protzend zum Portal hinaufführte.

»Warum nicht?«

Wir wischten uns den Sand von den Füßen, zogen unsere Schuhe wieder an und gingen Hand in Hand hinein.

Der Kellner kam im schwarzen Anzug mit roter Weste und brachte die Karte. Er hatte einen gezwirbelten Zirkusdirektorenbart. Als er sich umdrehte, hatten wir uns bereits entschieden.

»Zwei kleine Salat bitte.«

»Sehr wohl, die Herrschaften, zwei kleine Salat. Und als Hauptspeise?«

»Nichts, das ist unsere Hauptspeise.«

»Sehr wohl, Vorspeise Nummer fünf als Hauptspeise. Wirklich zweimal oder einmal mit zwei Gabeln?«

»Zweimal, bitte. Ach ja, noch zwei Wasser, bitte.«

»Auch noch?«

»Ja, ist was?«

»Nein, die Herrschaften. Zwei Wasser. Mit oder ohne Kohlensäure?«

Ich bestellte mit Kohlensäure, da ich vermutete, man würde uns sonst Leitungswasser servieren. Der Kellner zwirbelte seinen Zirkusdirektorenbart, sammelte unsere beiden Karten ein – ein Kärtchen mit einem Weinangebot, das Maja in der Hand gehabt hatte, stellte er wieder an seinen Platz – und schritt, die Nase vornehm zur Decke gerichtet, davon.

»Maja, ich muss mal.«

»Na hör mal, kannst du dich nicht ein bisschen gewäääählter ausdrücken an diesem feinen Ort?!«

Als ich in den Gang bog, der zur Toilette führte, schlug ich ein Rad. Ich hörte Maja lachen. Als ich zurückkam, klatschte sie in die Hände.

»Bravo! Zugabe!«

Der Kellner kam und guckte pikiert.

Ähem, ich muss Sie bitten …«

»Worum?«

Maja sah ihn ernst an.

»Um Ruhe … die anderen Gäste …«

»Welche anderen Gäste?«

Sie sah sich um. Wir waren die einzigen Gäste. Der Laden war einfach zu teuer. Der feine Kellner machte auf dem Absatz kehrt und holte unseren Salat. Wir lachten.

Mir gefiel Majas Lachen, besonders ihre Oberlippe, die manchmal so frech nach oben zeigte. Sie hatte das Lachen eines Mädchens und die Augen einer reifen Frau.

»Wie alt bist du eigentlich, Maja?«

»Fast zwanzig.«

»Neunzehn?! Woher kannst du so gut … Ich meine, mit neunzehn … Keine Spur von Unerfahrenheit … Also vorhin am Strand, das war einfach geil. Perfekt.«

Sie blickte verschmitzt.

»Ich glaub, ich hab noch Sand in der Hose.«

»Ich auch.«

»Hast du ein schlechtes Gewissen gegenüber Ariane?«

»Nö, in der Liebe gibt es keine Moral, nur Lust.«

Hatte ich das eben gesagt? Ich wunderte mich über mich selbst.

»Du bist schön, Carl.«

»Du auch, Maja.«

Sie schüttelte den Kopf.

»Ich will aber über *deine* Schönheit sprechen.«

Ihre Worte taten gut. Ich hatte in den letzten Jahren an der Uni zu oft gehört, dass Männer Scheiße seien. Gerade letztens hatten mich zwei Frauen in der Kneipe ins Kreuzfeuer genommen. Maja dagegen hatte so etwas Männersüchtiges. Sie erzählte, dass sie in der Schule mit den Jungen gespielt hatte. Die Mädchen in ihren Kleidchen, die sie nicht schmutzig machen durften, fand sie langweilig. Die Jungen hatten sie voll akzeptiert – als Kumpel. Maja seufzte.

»Das waren vielleicht Holzköppe. Bis die mal gemerkt hatten, dass ich ein Mädchen war! Aber dann ...« Sie schmunzelte genüsslich. »... dann standen sie auf einmal Schlange.«

Am Strand hatte sie ganz kleine Augen gemacht und geschnurrt. Ich mochte, wie sie dabei meinen Namen gerufen hatte. Ich sah sie an und sprach ihren Namen.

»Maja.«

»Ja?«

Ich schüttelte den Kopf. Ich wollte einfach nur ihren Namen sagen.

»Maja.«

Sie nahm meine Hand.

»Sag mal, ist Wolf nicht zu alt für dich?«

»Wieso?«

Sie ließ meine Hand wieder los.

»Er wird fünfzig.«

»Er ist aber ein verdammt guter Liebhaber.«

Ich war eifersüchtig.

Der Kellner erschien und räumte ab. Wir zahlten. Abfällig sah er aufs Trinkgeld. Eine Mark? Das war offenbar zu wenig. Vor dem Restaurant blieb Maja stehen.

»So, und jetzt geht jeder allein zurück. Ich muss ein wenig für mich sein, Carl. Ich will von dir träumen. Das kann ich nur, wenn du fort bist. Ich schlage vor, du gehst unten die Steilküste lang und ich – etwas später – oben.«

Einen Abschiedskuss gab es noch.

9

Ich saß allein am Strand, sah aufs Meer und spielte mit den Füßen im Sand. Das hatte ich schon als Junge so gern gemocht: Erst strich man mit den Füßen über den weichen Sand, dann beugte man sich vor, legte den Kopf seitlich auf die angewinkelten Knie, spielte auch mit den Händen im Sand, griff eine Ladung von dem pulverigen Sand, ließ ihn gedankenverloren auf die Füße rieseln und grub sich schließlich mit den Zehen hinein in den Sand, bis dahin, wo er fester wurde.

Der Strand unterhalb der Steilküste war einsam. Erstens war Ende September und die Saison längst vorbei und zweitens tummelten sich die Badegäste auch im Sommer fast alle am Strand unterhalb der Promenade. Ich erwartete nicht, irgendjemanden hier zu treffen. Deshalb rieb ich mir auch die Augen, als ausgerechnet ein Pony mit drei Kindern auf dem Rücken vorbeikam. Eine Frau ging, die Zügel in der Hand, voran. Und die drei kleinen Mädchen saßen kerzengerade dicht hintereinander auf dem Pony und schauten vergnügt in die Welt. Sie waren alle etwa in einem Alter, vielleicht drei Jahre. Ich war sechs gewesen, als ich zum ersten Mal auf einem Pony gesessen hatte. Das war damals, Anfang der Siebziger, in Travemünde. Das war, bevor sie das *Monoton* bauten und den Spielplatz abrissen. Mit dem Spielplatz verschwanden auch die Ponys, auf denen ich stolz geritten war.

Die Sommersonne lugte zwischen zwei dicken schwarzen Wolken hervor, aus denen es unaufhörlich regnete. Überall klangen Kinderstimmen.

»Sonnenregen macht groß«, hatte Mutter gesagt.

Und da ich groß werden wollte, gab ich ihr meinen gelben Regenmantel und stieg in Badehosen aufs Pony. Der warme Regen prasselte auf meine Haut. Es roch nach Pferd, Regen und Meer. Das Pony trottete ganz von allein seine Runden durch die Pfützen des schlammigen Platzes und neben ihm trottete barfuß wie ich das Bauernmädchen, lobte das Pferdchen und schaute ansonsten gleichmütig auf den ausgetretenen Pfad.

Ich saß auf dem warmen Rücken des Pferdchens, einen Sattel gab es nicht, meine Beine wären wohl auch zu kurz für die Steigbügel gewesen, ich saß auf dem Pferdchen, das mir unwahrscheinlich groß vorkam, fühlte mich wie ein Indianer und sah stolz und glücklich hinaus in die weite Prärie des Ostseebades. Ich war *gewissermaßen ein Indianer, empfand wie ein sechsjähriger Indianerjunge, der barfuß und unsagbar frei durch sein Indianerleben ritt und rannte.*

Ein Jahr später kam der weiße Mann mit seiner Geldgier, mit seinen Planierraupen und Schaufelbaggern, mit Stahl und Beton. Die Bagger waren riesige, maschinelle Raubsaurier, die ihre blanken, spitzen und scharfen Monsterzähne in die Mutter Erde schlugen, ihre Haut aufrissen und Brocken ihres Fleisches hervorfetzten. Wenn die Bagger mit ihren Mäulern noch restliche Erde von der Fahrstraße kratzten, klang es wie grimmiges Knurren und Fauchen.

Die Männer, die auf die Bagger stiegen, sahen eigentlich ganz friedlich aus. Wie konnten sie so grausam handeln? Sie gruben und bohrten sich unerbittlich hinab, sechzig Meter tief für das Fundament des Wolkenkratzers, der so auf unabsehbare Zeit hin an der Travemündung verankert wurde. Sie buddelten auch eine Tiefgarage, umzäunten unser Kinderindianerland und vertrieben uns in ein Reservat.

Auf dem neuen, weit kleineren Spielplatz hatten sie auf zwei

Metallfedern etwa fünfzig Zentimeter über dem Boden zwei flache, hölzerne Ponyattrappen nebeneinander aufgebaut. Statt Augen hatten sie Löcher in ihren Köpfen. Ihr Blick war leer und sie wackelten schwachsinnig, wenn man sie anstieß. Ohne Notiz voneinander zu nehmen, warteten sie, jedes für sich, stumpfsinnig auf einen Reiter. Ich spuckte aus. Wo waren die echten Ponys geblieben, die schnaubenden, trottenden, lustig die Mähne schüttelnden?

Die Pfeile, die ich von meinem selbst gebastelten Bogen durch ein Loch im Zaun auf die Bagger und Kräne schoss, prallten wirkungslos von ihnen ab oder verfehlten gleich ihr Ziel und blieben im Schlamm stecken. Unaufhaltsam wuchs der Betonklotz in den Travemünder Himmel. Sprachlos stand ich damals vor dieser in Beton gegossenen Ungerechtigkeit. Nein, das Monoton *und ich konnten keine Freunde werden.*

»He, Sie! Können Sie mir mal helfen?!«

Die Frau, die das Pony an der Leine geführt hatte, stand jetzt hundert Meter weiter mit herabhängenden Armen am Strand. Neben ihr stand das Pony mit den drei kleinen Mädchen. Ich lief zu ihnen.

»Hallo!«

»Hallo! Es will nicht weiter!« Sie griff nach dem Zügel und zog und zerrte, aber das Tier bewegte sich nicht einen Zentimeter. Die Mädchen saßen ganz gelassen auf dem Pony und beobachteten uns Erwachsene. Ihnen schien die Situation zu gefallen. Solche Zwischenfälle machten das Kleinkinderleben erst richtig aufregend!

»Sind das alles Ihre?«

»Nein, nur zwei.«

Sie klopfte dem Pony auf das Hinterteil, redete ihm gut zu, aber es blieb stur.

»Es ist alt. Es hat Angst, zurück zur Weide zu gehen. Die anderen beißen es.«

»Es tut mir leid. Ich versteh gar nichts von Pferden.«

Sie lächelte schüchtern und bedankte sich. Ich ging weiter. Was sollte es auch? Ich hatte gar keine Lust, hilfsbereit zu sein. War doch ihr Problem! Ich drehte mich noch einmal um. Das Pony wollte einfach nicht weiter. Jetzt tat mir die Frau mit den drei kleinen Kindern doch leid. Mir fiel ein, dass ich noch eine angebrochene Tüte Champagnertrüffel in der Jackentasche hatte. Eigentlich eine Verschwendung für ein Pony, das vielleicht auch mit einem Apfel zufrieden gewesen wäre. Außerdem waren Champagnertrüffel sicher nicht gesund für Ponys.

Ich ging zurück zu dem Pony. Auf der flachen Hand streckte ich ihm die Champagnertrüffel entgegen. Es kam einen Schritt vor. Ich ging zurück. Es folgte mir, fraß die Praline genüsslich, nickte dabei leicht mit dem Kopf und schleckte sich das Maul. Ich lockte es weiter.

»Es läuft! Es läuft! Mir fällt ein Stein vom Herzen!«

Ich reichte ihr die Tüte mit den Pralinen und ging weiter.

»Danke! Danke! Vielen Dank!«

»Da nicht für.«

Die Kinder lachten. Auch ich freute mich. Wir hatten zusammen ein kleines Abenteuer erlebt.

Auf der Promenade sah ich von weitem Wolf und Ariane mir entgegenkommen. Ich bog in die Kaiserallee ein. Ich hatte jetzt keine Lust, ihnen zu begegnen.

Als ich ins Lebkuchenhäuschen zurückkam, stand Maja an der Staffelei und malte. Ich ging zu ihr und küsste sie auf den Nacken. Sie erschauerte und schmiegte sich an mich. Wir schliefen miteinander. Maja verzauberte.

Ich fühlte mich rundherum gut. Ich lag völlig entspannt auf dem Rücken und sah an die Decke. Mein ganzer Körper war herrlich schlaff. Maja kuschelte sich an mich.

»Hast du irgendeinen Wunsch?«, hauchte sie mir ins Ohr.

»Nee, du, ich brauch 'ne Pause.«

»Dann mal ich eben weiter!«

Sie sprang auf und ging an ihre Staffelei.

»Was malst du denn?«

»Dich.«

»So wie ich hier liege?«

»Nee, so wie ich dich sehe.«

Ich stand auf, zog meine Jeans an und ging zu ihr. Sie hatte sich mein Oberhemd übergehängt. Sie malte offensichtlich schon länger an dem Bild. Es war fast fertig, nur ein Stück Himmel fehlte noch.

»Und, wie findste mein Bild?«

Der junge Mann auf dem Bild hatte dunkle Haare und dunkle Augen wie ich. Er war im Profil dargestellt. Wie ein Monument stand er, als hätte Caspar David Friedrich ihn verewigt, an der Steilküste, einen Fuß auf einen Stein gestellt, eine Hand in die Hüfte gestemmt. Er sah entschlossen hinaus aufs Meer. Dieser Mann war nicht so leicht zu erschüttern. Es war ein Eroberertyp.

Maja kniete sich vor mich und küsste meine Füße.

Ich mochte das nicht. Ich deutete auf ihr Bild.

»Und wer soll das sein?«

Sie sah zu mir auf. »Na du!«

Ich sah sie an. Wollte sie mich verschaukeln? Ich war nicht das, was man unter einem männlichen Mann verstand. Ich hatte keine Haare auf der Brust. Ich konnte keine Autos reparieren, ja nicht einmal fahren. Ich interessierte mich auch nicht für Fußball und hatte noch nie ein Gewehr in der Hand gehabt. Was auch immer ich war, ein Eroberer war ich jedenfalls nicht.

»Gefällt es dir nicht?«

»Doch, ich staune, wie gut du malen kannst. Ehrlich.«

»Und erkennste dich wieder?«

»Nein. Das bin ich nicht.«

Sie blickte gekränkt.

»Ehrlich gesagt, die Skizze, die du an der Saunabar gemacht hast, gefällt mir besser.«

Auge in Auge standen wir uns gegenüber.

»Schreib mir ein Gedicht!«

»Wie?«

»Na, schreib mir ein Gedicht! Ich meine, du willst Schriftsteller werden wie Wolf. Ein Schriftsteller ist jemand, der schreibt. Außerdem bin ich deine Geliebte.« Sie lachte. »Wenigstens bin ich *eine* deiner Geliebten. Da kannst du mir doch mal ein Gedicht schreiben!«

Ich schrieb. Ich schrieb mit Bleistift und radierte und änderte und schrieb weiter und sah aus dem Fenster und knüllte ein Blatt und warf es weg. Ich dachte nach und schrieb und feilte und feilte. Sie war schon ganz ungeduldig, als ich endlich fertig war. Ich reichte ihr den Text. Sie las:

»Minnedienst wird heute auf dem PC getan,
220 Volt, soundso viel Megabyte helfen dem
Dichter sagt man längst nicht mehr,
klingt lächerlich, wie Leier, Lehen,
Liebe (ist der Briefkasten noch
das Fenster der Burg
oder schon das Faxgerät?)
helfen dem, sagen wir Texter,
ein Gefühl, so was entschwindet,
hat keinen Griff, immer noch wie früher
in Worte zu packen, Worte für
eine schöne Frau, Worte für Maja.«

»Ist das alles?«

Sie blickte enttäuscht auf den Zettel. Sie hatte ja Recht. Vielleicht hatte ich gar kein richtiges Gedicht geschrieben, Prosatexte fielen mir leichter, auf jeden Fall lag nichts Romantisches in meinen Worten. Sie ging an ihre Reisetasche, holte ein Buch hervor und las aus einem Text von Victor Hugo. Sie wollte mir zeigen, was ihr gefiel. Ich sah sie traurig an.

»Da muss ich passen. Ich bin nicht Victor Hugo.«

Sie lachte.

»Schwamm drüber. Dafür bist du noch am Leben und hast einen geilen Körper. Wollen wir spazieren gehen?«

Wolf und vor allem Ariane staunten nicht schlecht, als sie uns Arm in Arm aus dem Haus kommen sahen. Wir sagten hallo und gingen weiter.

Wir schlenderten den Strand entlang. Maja sammelte Steine. Ich setzte mich in den Sand und lauschte dem Wind. Er blies, er blies ganz normal, nicht besonders stark, aber auch nicht besonders schwach. Ich sah zu den Möwen. Sie flogen und kreischten, wie Möwen eben fliegen und kreischen. Die Bäume an der Promenade waren Bäume, wie Bäume so sind, mit Ästen und Blättern. Nur das Meer verlor seinen Zauber nicht. Das Meer würde niemals seinen Zauber verlieren. Aber »Maja«, »Maja« flüsterte auch das Meer nicht. Sie sammelte Muscheln. Ich ging.

Mit jemandem reden. Ich wollte so gern mit jemandem reden. Aber wer hätte dieser Jemand sein können? Wolf war befangen. Matthias hätte für meine Eskapaden wohl höchstens ein mildes Lächeln übrig gehabt und mich für unreif erklärt. Er hatte ja auch gut lachen, Maike war ihm eine treue Ehefrau und liebevolle Mutter ihres gemeinsamen Kindes. Dass Victor von ihm war, war nicht zu übersehen. Solche breiten Wangenknochen hatte ansonsten nur Matthias. Mit vereinten Kräften zahlten Maike und er (und ihre Eltern) das neue Sofa, den neuen Kleinwagen und die Kiefernmöbel ab. Nein, Matthias hätte die Verwirrungen eines Singles nicht verstanden.

Ich setzte mich in ein Café und schrieb Tagebuch. Meinem Tagebuch gegenüber konnte ich hemmungslos offen sein. Es stellte keine Fragen. Ich hatte mir verschiedenfarbige Filzer gekauft: Maja bekam die Farbe Rot, rot wie ihre Haare, Ariane Blau wie das Meer und Schwester Feline Schwarz wie ihre Nonnentracht. Jedenfalls war mit meinem Leben auch mein Tagebuch bunter geworden. Ich schrieb wohl dreißig Seiten voll und schlürfte einen Cappuccino nach dem anderen. Mit dem dritten Cappuccino war ich bei Schwester Feline angelangt. Ich sah aus dem Fenster des Cafés auf die Trave und versuchte meine Überraschung in Worte zu fassen, meine Verwunderung, als aus der unscheinbaren Nonne eine leidenschaftliche Frau geworden war.

Auf der Trave fuhr ein Butterschiff hinaus in Richtung Meer, ein anderes kam gerade zurück. Passanten eilten vorbei. Auch Urlauber hatten es manchmal eilig. Da sah ich ein bekanntes Gesicht. Ich stand auf und klopfte an die Scheibe. Sie lachte. Es war Schwester Feline. Sie kam ins Café. Sie hatte eine ganz normale Jacke an und trug Bluejeans. Sie setzte sich an meinen Tisch.

»Was für ein Zufall!«

»So ein großer Zufall nun auch wieder nicht. Ich hab dich gesucht. Ich will mit dir reden.«

»Na, nun setz dich doch erst mal!«

Ich berührte sie leicht am Arm. Ich hätte sie gern geküsst. Auch sie sah aus, als ob sie mich gern mit einem Kuss begrüßt hätte. Wir ließen es bleiben.

»Soll ich dir was bestellen?«

»Nein, ich würd lieber spazieren gehen.«

Ich zahlte und wir verließen das Café.

Wir gingen in der Abenddämmerung die Vorderreihe entlang bis zum Ende, wo die Autofähre über die Trave zum Priwall führte, gingen vorbei am Motoryachthafen, am Fischereihafen, an der Werft bis hin zum Skandinavienkai, wo die großen Fährschiffe lagen. Der Skandinavienkai wirkte wie eine zwanzigspurige Autobahn, nein, eher wie eine riesige Grenzabfertigung. Schilder wiesen den ankommenden und abfahrenden Pkw und Lkw den Weg. Wir gingen einfach quer über alle Straßen zum Ufer der Trave. Wir setzten uns jeder auf einen Poller, ein rundes kniehohes Eisenteil, an dem ein Schiff festmachen konnte. Wir hatten den ganzen Weg nicht gesprochen, da wir sehr schnell gegangen und beide in Gedanken waren.

»Carl, ich möchte …«

»Weißt du, wie die heißen?«

Sie sah mich an. »Ja, das sind Poller.«

»Stimmt, es gibt aber noch einen anderen Namen.«

»Keine Ahnung.«

»Duckdalben, witziges Wort, nicht?«

»Ja, ich …«

Wir saßen also auf einer Duckdalbe. Ich sah zum Ort hinüber. Mit dem grünen Turm der St.-Lorenz-Kirche, der über der Altstadt thronte, bildete der Ort einen starken Kontrast zum Skandinavienkai in seiner grauen, modernen Nüchternheit.

»Wusstest du, dass der Skandinavienkai einer der größten Fährhäfen Europas ist?«

»Wie interessant. Mir ist kalt, Carl.«

Ich legte meinen Arm um sie und zeigte zum Containerterminal.

Wie Bausteine waren die genormten Kästen übereinander gestapelt, sie unterschieden sich äußerlich nur durch die verschiedenen Schriftzüge der Reedereien: *Sealand, Evergreen, Hapag-Lloyd.* Sie waren beliebig austausch- und zusammensetzbar wie Legosteine, ein Monument der Kompatibilität.

»Carl, ich möchte mit dir reden.«

»Wusstest du, dass Container ursprünglich vom Militär entwickelt worden sind? Man wollte Versorgungsgüter auf möglichst effiziente Weise zu den Soldaten bringen.«

»Carl, wir müssen reden.«

Ich zeigte auf die Container.

»Was da wohl drin ist? Kiefernmöbel, die nach Schweden sollen? Das wäre lustig! Und in dem Kühlcontainer sind bestimmt Champagnertrüffel-Pralinen, ein ganzer Container Champagnertrüffel!«

Sie sah mich an. Ich küsste sie. Der Skandinavienkai war eine merkwürdige Kulisse für ein verschmustes Pärchen. Waren wir ein Pärchen?

Ein Ro-Ro-Schiff ließ seine Ladeklappe herunter. Sie diente gleichzeitig als Auffahrt und als Heck des Schiffes. Autos rollten aus dem schweren Körper des Meeresgiganten heraus, andere rollten hinein, roll on, roll off, ro-ro. Ich mochte den Geruch von Benzin und Schmiere.

»Ist das nicht wundervoll?«

»Was?«

»Das Traumschiff.«

Feline blickte zur Ro-Ro-Fähre hinauf.

»Man müsste …«

Sie biss sich vor Aufregung auf die Lippe und ballte die Fäuste.

»Man müsste zusammen fliehen!«

Sie griff meine Hand und zog mich vom Poller hoch. Sie lief mit mir in Richtung Fähre. Jetzt standen wir klein und hilflos vor dem riesigen Schiff.

»Aber wie kommt man da hinauf?«

»Dort.«

Ich zeigte zu der gläsern geschlossenen Gangway, die die Passagiere, die mit dem Zug gekommen waren und nicht mit dem Auto, aufs Schiff schleuste.

»Komm, wir wollen aufs Traumschiff. Wir wollen fliehen! Ja! Wir wollen fliehen.«

Sie drückte meine Hand.

»Carl, lass uns nach Stockholm gehen, nach Stockholm, ins Venedig des Nordens.«

Ich sah sie skeptisch an. Sie zog ihren Reisepass. Jetzt erst bemerkte ich, dass sie einen kleinen Rucksack dabei hatte, der prall gefüllt war. Ich sah sie an. Sie meinte es ernst. Einen Moment lang fand ich die Idee verlockend. Das wäre spannend: mit einer Nonne abhauen nach Schweden, der Beginn eines Abenteuers.

Aber so viel Abenteurer steckte nicht in mir. Die Sache mit dem Pony, das nicht weiterwollte, war so meine Gewichtsklasse von Abenteuer.

Ich sah Feline an. Sie war eine sehr schöne Frau. Sie hatte mir ein Geschenk gemacht. Sie wollte mit mir leben. So etwas schlug man nicht einfach aus der Hand. Ich wollte sie nicht verletzen. Sie sah, wie ich zögerte, und blickte ernst.

»Überleg es dir, Carl. Ich werde auf dieses Schiff gehen. Ich möchte, dass du mitkommst. Aber ich werde auch allein gehen. Überleg es dir, Carl.«

Ich schüttelte den Kopf

Als das Schiff ablegte, blieb ich noch lange am Ufer stehen.

10

Wie spät war es wohl? Ich hatte meine Uhr vergessen. Es war bestimmt nach zehn. Im Herbst war in Travemünde nichts mehr los um diese Zeit. Ich raffte mich auf. Ich ging schnell. Ich wollte den menschenleeren Skandinavienkai verlassen. Ich hatte den Wunsch, in Gesellschaft zu sein. Aber ich wollte auch allein sein. Ich wollte nicht reden, nicht höflich sein müssen oder – schlimmer noch – originell. Die Nacht war sternenklar. Maschinenlärm drang herüber. Auf der kleinen Werft wurde noch gearbeitet.

Am Fischereihafen machte sich eine Katze an einer Holzkiste zu schaffen. Die Fischerboote schaukelten friedlich im Wasser, als würden sie schlafen. Morgen früh, sehr früh, wenn ich ins Bett kriechen würde, würden die kleinen Boote tapfer aufs Meer fahren. Kein Wunder, dass die Travemünder Fischer nicht sehr gesprächig waren. Sie hatten kein bequemes Leben. Sie trotzten der Kälte des Morgens. Da schlug man den Kragen hoch, sah geradeaus, während das Boot die Trave entlangtuckerte, da tat man seinen Job, keinen Bock auf Geschwätz. Einer wie ich, einer, der jetzt noch unterwegs war, wäre ihnen verdächtig gewesen, einer wie ich, der stundenlang in Kneipen quatschen konnte, hätte ihnen nicht gepasst, einer wie ich, der Bücher las und Bleistifte spitzte, der keine Kisten schleppte, der nicht zupackte, war das überhaupt ein richtiger Mann? Wir waren uns unserer jeweiligen Überlegenheit bewusst.

Am Motoryachthafen musste ich auf einmal an Vater denken. Er hatte immer erzählt, dass er eine Motoryacht wolle. Aber er hatte sich nie eine gekauft. In einer Hausecke stand ein Penner über ein Portemonnaie gebeugt und zählte Kleingeld. Er wirkte so gruselig mit seinen langen grauen Haaren, in seinem abgerissenen Trenchcoat, mit seinem undefinierbaren Alter, dass ich ihn einfach ansehen musste.

»Du Schwein!!!«, fauchte er mich an.

Ich bekam einen Schreck und ging schnell weiter. Ich wollte keinen Kontakt. Wahrscheinlich hatte er bloß Angst gehabt, ich wolle sein Geld.

»Schwein« hatte er mich genannt. Ich dachte an alles, was ich mit Maja und auch mit Feline gemacht hatte. Nein, das konnte er nicht wissen.

Die Priwallfähre fuhr noch. Zwei Autos waren drauf und eine Handvoll Fußgänger. Aus der Polizeiwache kamen zwei Beamte und stiegen in ihren Streifenwagen. Die waren bestimmt auch froh, wenn sie wieder zurück in der Schreibstube waren und einen Kaffee trinken konnten. Nachtarbeit war gemein.

Jetzt begann die Vorderreihe und damit auch die Ladenzeile. Natürlich war es hier genauso kalt wie am Skandinavienkai, aber die Lichter der Schaufenster und auch der Anblick der Passanten, die noch bummelten, wärmten. Man fühlte sich einfach nicht so allein.

Ein Fährschiff kam vom Skandinavienkai die Trave entlanggefahren. Feline war jetzt auf See. Wie mochte sie sich fühlen? Bestimmt ziemlich allein. Wahrscheinlich auch traurig. Bestimmt aber auch aufgeregt und freudig gespannt, weil sie ein Leben, das ihr zu eng geworden war, abgestreift hatte und einem neuen entgegenfuhr.

Ich hätte nicht den Mut gehabt, in ein anderes Land zu gehen. Im Grunde war ich ein Gewohnheitsmensch und bestimmt auch ein wenig langweilig. Ariane hatte das nie gestört. Und Maja? Die hatte es jetzt bemerkt. Und ich war sicher, dass es ihr nicht gefiel. Ich hätte wohl alles mit Maja machen dürfen. Aber sie langweilen? Das ging zu weit!

Warum diese ganzen Gedanken? Ich wollte doch gar nicht denken. Ich wollte eine Pizza essen, eine Pizza mit Spinat oder besser noch mit Parmaschinken, lecker! Der Italiener, der zweite am Ort, hatte schon geschlossen, ebenso der Imbiss. Jetzt wäre ich gern in meine Stammkneipe in Lübeck gegangen, ein Knoblauchbrot essen und ein schönes Flens trinken. Die hatten immer auf, in der Woche bis morgens um zwei, am Wochenende bis vier.

Die *Passat* wurde mit Scheinwerfern angestrahlt, so dass sie jetzt als leuchtender Körper in der Dunkelheit ein wenig gespenstisch wirkte. Im Schaufenster eines Juweliers lagen neben der Ware bunte Herbstblätter aus Plastik. Echte Blätter fegte ein Windstoß von den Bäumen.

Ich schlug den Kragen hoch und ging weiter. Warum fühlte ich mich so allein? Und warum war dieses Gefühl gar nicht unangenehm? Ich wollte allein sein. Und ich wollte unter Leute gehen. Dahinten ging eine Tür auf. Ein Lichtstrahl fiel auf die Straße und lockte. Eine Kneipe, die noch geöffnet hatte! Ich war gerettet! Die Tür ging auf und Musik drang heraus. Gäste sangen zu Akkordeonklängen.

»Wo die Nordseewellen spülen an den Strand …«

Störte ja nicht, dass wir an der Ostsee waren, schließlich – das hatte ich in einem ›Merian‹-Heft gelesen – handelte der Originaltext des bekannten Liedes von den Ostseewellen:

»Wo de Ostseewellen trecken an den Strand …«, hatte die Schriftstellerin Martha Müller-Grählert Anfang des Jahrhunderts gedichtet, »wo de Ostseewellen trecken an den Strand, […] da is mine Heimat, da bün ick to hus!«

Die Kneipengäste sangen also weiter von den Nordseewellen, als die Tür geöffnet wurde und eine Clique herauskam, drei Frauen, drei Männer. Sie waren schon recht angeheitert. Eine Frau stolperte mir direkt in die Arme.

»Mmmh! Du duftescht gut! Wo schteht dein Bett, Süsüsüßer?«

Ihre Freundin zog sie lachend weiter.

»Irmchen, du kannst doch die jungen Männer nicht so verunsichern!«

Ich schlüpfte in die Kneipe, bevor die Tür ins Schloss fiel. Nach der frischen Ostseeluft musste ich mich erst einmal an die verqualmte Kneipenatmosphäre gewöhnen. Ein einzelner Sitzplatz auf einer Eckbank war noch frei. Ich drängte mich an den anderen Gästen vorbei dorthin und setzte mich direkt unter einen präparierten Haifisch.

Ganz Travemünde schien hier versammelt zu sein, jedenfalls alle Nachtschwärmer. Die Klabauterbar war wohl das einzige Lokal, das noch aufhatte. Unter der Decke war ein Netz gespannt, in dem Fische, Seesterne und Muscheln lagen. Außerdem hing in dem Netz noch ein koboldähnliches Wesen mit seetanggrünen Haaren. Das sollte wohl der Klabautermann sein. Eine Frau goss mir aus einer halb vollen Flasche, die auf dem Tisch stand, einen Köm ein.

»Komm her, mein Junge, nun trink man erst mal einen!«

Ich kippte den Schnaps weg, worauf sich mein Glas wieder füllte, und kippte noch einen und noch einen hinterher. Da ich selten Hochprozentiges trank, entfaltete der Schnaps augenblicklich seine volle Wirkung.

»Aaah!«

Ich war angekommen. Jetzt konnte ich langsamer trinken. Ich bestellte Labskaus mit Spiegeleiern. Süddeutsche werden bei dieser norddeutschen Spezialität, einem bräunlich gemanschten Brei, in dem auch Fischreste sind, von Ekel gepackt. Es machte satt. Während die Frau, die mein Schnapsglas immer wieder füllte, von ihrem Sohn sprach, der genauso alt war wie ich, und während der Akkordeonspieler seinem Schifferklavier »Eine Seefahrt, die ist lustig« abverlangte, lauschte ich dem Gespräch dreier Männer. Sie sahen genauso aus, wie ich mir alte Fischer vorstellte: Einer hatte ein blauweiß gestreiftes Fischerhemd an und die anderen beiden trugen dunkelblaue Troyer, winddichte Seemannspullover. Der salzige, feuchte Wind, der über das Meer blies, schien in jahrzehntelanger Arbeit seine Spuren in den Gesichtern der Männer hinterlassen zu haben. Ich musste lachen, als ich hörte, dass sie auch noch Hein, Fiete und Hinnerk hießen.

»Wat giffst dat denn dor to lachen?!«

»Jo, dat much ick ok mol weten!«

»Nee, Fiete, du, Fiete, ick glov, he snackt as'n Quiddje!«

Ein *Quiddje* ist einer, der kein Platt spricht, einer wie ich, ein Hochdeutscher, ein Binnenländer, eine Landratte, also eine höchst verdächtige Person.

»Ick vertell gerode mien Fründ, dat du hoochdüütsch snakst.«

»Ach sooo!« Fiete fasste meinen Arm und goss mir noch einen Köm ein. »Na, denn mok man to, ick meen, denn nimm mol noch en Sluck, Herr Dokter! Ick dörf doch Herr Dokter seggen? Ick moch wedden, du büst Student.«

Hein und Fiete lachten herzhaft, Hinnerk schmunzelte. Fiete klopfte Hinnerk auf die Schultern.

»Hinnerk snakt nich veel! De denkt sich sien Deel. He is een ollen Travemünner, een echter Knurrhahn! Du west nich, wat een Knurrhahn is?! Oh Mann! Dat is een Fisch! Un de is nich nur stumm, de kiekt ok ganz grantig! Aver uns Hinnerk is een echt fründlich Keerl! Nich wohr, Hinnerk?! Dat büst du!«

Die Kellnerin brachte mein Essen und stellte vier Humpen Bier auf den Tisch. Ein Bier war für mich. Das hatte Hinnerk spendiert.

Wie spät war es wohl, als ich Arm in Arm mit Hein und Fiete die Kneipe verließ? Die Wirtin hatte uns, während ich ihr Komplimente entgegenlallte, hinausgekehrt. Wir waren die letzten Gäste gewesen, und ich war überglücklich darüber, dass Hein und Fiete mich jetzt für voll nahmen, obwohl ich für sie doch bloß »een Studierten« war, also eigentlich kein richtiger »Keerl«. Ich hatte beim Saufen mithalten können und so schieden wir als echte »Kumpel«.

»Schüüs, Carl!«, riefen sie, und selbst Hinnerk, der Travemünder Knurrhahn, drückte mir die Hand und brummte so etwas wie Worte des Abschieds. Ich sah ihm fest in die Augen: Männerfreundschaft, Winnetou und Old Shatterhand, die drei Musketiere, Asterix und Obelix.

Und wenn ich mal einen fangfrischen Dorsch haben wolle, solle ich am Fischereihafen einfach nach Hein und Fiete fragen, die würde jeder kennen.

Beschwingt ging ich die Travepromenade entlang. Als ich mich noch einmal umsah, waren meine neuen Freunde schon in die Altstadt eingebogen. Plötzlich war es merkwürdig kalt geworden. Im Vorbeigehen las ich die Aufschriften an den Rümpfen der Segelboote. *Feuerdrache* und *Sturmvogel* waren eher ungewöhnliche Namen. Die meisten Segelboote waren Frauen: *Monika, Angelika, Katharina, Susanna.* Ich blieb vor *Susanna* stehen, verbeugte mich leicht und sah sie an.

»*Ssussanna*, irgendwann, weissdu, irgendwann fahren wir ganz weit hinaus aufs Meer, nur du und ich. Versprochen, Kleines.«

Susanna lag unbeeindruckt und festgetaut am Steg und ließ ihren weißen, makellosen Körper im Wasser der Trave schaukeln.

Ich ging weiter. Ich bog am *Monoton* links ab, ging die kleine Ladenzeile am Schwimmbad entlang und blieb vor dem Schaufenster von *Captain's Corner* stehen.

Da lagen Knotentafeln. Genau, damit hatte ich Hein und Fiete beeindruckt: Ich hatte auch ein paar Knoten gekonnt, den Kreuzknoten, den Achtknoten und den Palstek. Ich war vielleicht eine Landratte, aber ich konnte den Palstek knoten! Ich war stolz. Vielleicht war ich – trotz Abitur und Studium – doch ein richtiger Kerl! Ich griff in die Jackentasche. Das Tau, das Hinnerk mir geschenkt hatte, war noch da.

Im Schaufenster lagen auch Flaggen für Privatyachten, ein Aschenbecher in den Farben der *Hapag-Lloyd*-Reederei, ein Steuerrad aus Holz, Logbücher, Buddelschiffe, Petroleumlampen, Wettergläser, Kapitänstassen aus chinesischem Porzellan (auf der Untertasse war eine Windrose), Skipper-Messer, Schiffsglocken, von Hand geschnitzte Seemänner, eine Bootsmannpfeife, ein Teleskop aus Messing, etliche Barometer und natürlich eine Karte der Weltmeere.

Mein Blick blieb auf den vorgereckten Brüsten einer lebensgroßen Galionsfigur haften. Auf einmal setzte sie sich in Bewegung, schwebte nach oben, verschwand aus meinem Sichtfeld, tauchte zu meinen Füßen wieder auf, umrundete mich so einige Male, teilte sich dann, so dass erst zwei, dann drei Galionsfiguren vor mir waren, sich drehten, sich immer schneller drehten, bis ich die Hand vor die Augen schlug, um das irrwitzige Karussell aus den immer mehr werdenden barbusigen Galionsfiguren aufzuhalten. Mir war hundeübel. Aber ich fühlte mich trotzdem wie ein Seebär. Ich mochte eine besoffene Landratte sein, aber in meinem Herzen war ich ein trinkfester Matrose. Jawoll!

Ich ging in Richtung Strandpromenade, hielt mich am Geländer, nein, an der Reling fest und versuchte meinen

Blick auf den Horizont zu richten. Ich war seekrank. Die Steinplatten unter mir schienen sich zu bewegen, der Boden rollte und stampfte, das Stampfen war schlimmer als das Rollen. Das Geländer, nein, die Reling und mit ihr die ganze Welt hob und senkte sich. Und ich hielt mich krampfhaft am Geländer, nein, an der Reling fest. Ein Mann kämpfte mit den Elementen. Jetzt bloß nicht kotzen müssen! Ich blickte weiter stur auf den Horizont, wo das Meer den Himmel berührte. Das half.

Ich atmete tief die frische Seeluft ein und nach einer Weile ging es mir für fünf Pfennig besser. Ich setzte meinen Heimweg fort, vorbei an sich hebenden und senkenden Blumenkästen, Bäumen, Pommesbuden. Ich erinnerte mich glücklicherweise an den Seemannsgang, eins, zwei, eins, zwei, die Füße schräg links und rechts von sich strecken, so dass man einen festeren Gang hatte und nicht umkippen konnte. Vielleicht, eins, zwei, eins, zwei, hätte ich doch den einen oder anderen Köm auslassen sollen. So legte ich die doppelte Strecke zurück.

Als ich die Haustür hinter mir schloss, sah ich noch, wie Ariane und Wolf die Treppe hinaufhuschten und im Schlafzimmer verschwanden.

Maja begrüßte mich mit einem etwas unsicheren Lächeln.

»Da bist du ja.«

Ich nahm das Tau, das Hinnerk, mein Freund Hinnerk, mir geschenkt hatte, aus der Tasche und ging auf sie zu.

»Was ist das? Willst du mich fesseln?«

Sie streckte mir ihre Handgelenke über Kreuz entgegen, schloss die Augen und seufzte.

Ich setzte mich auf das zum Bett aufgeklappte Sofa. Sie öffnete die Augen, da nichts geschehen war, und setzte sich neben mich. Flink arbeitete ich an dem Stück Tau.

»Guck mal, Maja, das ist ein Achtknoten!«

Ich fing aus dramaturgischen Gründen mit dem einfachsten Knoten an. Ich wollte mich steigern. »Und das ist ein Kreuzknoten. Damit kannst du auch deinen Bademantel zumachen!«

»Ach was? Ist ja interessant!«

Sie gähnte herzhaft.

»Und das ...«

Ich zögerte noch einen Moment vor dem letzten Handgriff, um den Höhepunkt meiner Darbietung voll und ganz auszureizen.

»... das ist ein Palstek!«

Ich sah sie freudig und erwartungsvoll an. Wo blieb der Tusch?! Und was war mit dem Beifall, den Ovationen?! Ein Palstek, ich meine, ich, die Landratte, ich konnte einen Palstek! Schließlich waren wir in Travemünde, am Meer! Ich war verärgert. Maja verstand mich nicht. Hein und Fiete, jaaa, die hatten mich verstanden. Maja nicht.

Maja sah angewidert zum Fenster hinaus.

»Guck doch mal, Maja, ein Palstek!«

Sie klopfte mir gönnerhaft auf die Schulter.

»Toll, Carl, hast du fein gemacht. Nee, wirklich. Ich bin beeindruckt. So, und nun üb mal hübsch deine Knoten! Ich will noch ein bisschen schlafen.«

Sie vergrub sich im Bett.

»Übrigens, Carl ...«

»Ja, Maja?«

»Du hast 'ne Fahne!«

Ich legte mich zu ihr. Aber obwohl ich todmüde war, konnte ich nicht einschlafen. Mir war auf einmal wieder so übel. Ich streckte die Füße unter der Bettdecke hervor. Das half ein wenig.

Ich fiel in einen flachen, unruhigen Schlaf. Immerfort

warf ich mich von einer Seite auf die andere. Maja setzte sich schließlich genervt auf.

»Willst du nun schlafen, oder was?«

Ich versuchte, mich ruhig zu verhalten. Ich lag wie im Fieber: Ich war nicht wach, aber ich schlief auch nicht. Gedanken kreisten ohne Zusammenhang in meinem Kopf wie Satellitenschrott im Weltall.

Auf einmal schämte ich mich, dass ich mit Hein, Fiete und Hinnerk so vertraulich gewesen war. Ich hatte ihnen Dinge erzählt, die ich in nüchternem Zustand für mich behalten hätte.

Und dann hatte ich der feisten Wirtin Komplimente gemacht. Die hatte die Augen verdreht. Die war Säufer gewohnt. Auch grüne Jungs. Am Schluss hatte ich einen Euroscheck ausstellen müssen, weil mein Bargeld nicht reichte.

Ich wusste nicht mehr alles, was ich erzählt hatte. Meine Zunge hatte sich gelöst und ich musste Stunden gelabert haben. Ich schämte mich. Ich schämte mich so sehr.

Und jetzt dachte ich auch an Vater, den Trinker, an meinen Ekel vor seiner Sauferei und an seinen frühen Tod. Und dann war da auch noch die Tatsache, dass mein Körper mir nicht mehr ganz gehorchte. All das machte mir Angst und war mir peinlich. Und dazu kam noch dieser schrecklich pochende Kopfschmerz.

Morgens saß ich auf dem Bett und hielt meinen Kopf. Ob er wohl abknicken würde, wenn ich ihn losließ? Schwer genug war er. Ich stand auf. In der Küche trank ich eine ganze Flasche Selterwasser aus und machte mich über eine Apfelsine her.

Ich ging hinaus. Von der Promenade aus glaubte ich, kurz Arianes Gesicht am Fenster gesehen zu haben.

Der Vormittag war widerlich wie der Gestank der Miesmuscheln, die ich im Gehen zertrat. Nur die frische Luft besänftigte meinen Magen. Mit schwerem Kopf schleppte ich mich den Strand entlang. Nach dem Spaziergang legte ich mich wieder ins Bett. Jetzt konnte ich besser schlafen. Als ich nachmittags aufwachte, hatte ich auch schon wieder etwas Hunger. Nach dem Essen eroberte ich meinen Körper langsam zurück. Jetzt war ich nur noch angenehm schlaff, hatte aber keine Kopfschmerzen mehr, und mir war auch nicht mehr schwindelig.

Ich rechnete nach. Es war vier Uhr nachmittags, etwa zwölf Stunden nachdem ich den letzten Schnaps getrunken hatte. Der Alkohol musste jetzt aus dem Körper sein. Was mir noch fehlte, war eine Erfrischung. Deshalb beschloss ich, ein paar Minuten im Meer zu baden.

Mit zwei großen Badelaken und einem extrawarmen Pullover ging ich an den Strand. Ich legte ein Badelaken in den Sand, warf das andere darauf und ließ auch meine Klamotten zu Boden fallen. Dann rannte ich ins Wasser.

Die Kälte bremste. Heute war ich wohl doch nicht so mutig. Ich rieb mich nach und nach mit dem kalten Wasser ein, erst die Unterarme, dann Oberarme und Brust, dann tauchte ich ganz ein. Ich behielt allerdings sorgsam den Kopf über Wasser, da ich fürchtete, mich mit nassen Haaren zu erkälten. Die Temperatur des Wassers konnte ich schwer abschätzen. Aber die Luft war auf jeden Fall noch kälter als an dem Morgen, an dem ich mit Maja schwimmen gegangen war. Der Herbst zeigte seine Krallen.

Irgendwann schlossen sich die Poren meiner Haut und auf einmal wunderte ich mich, wie ich eben noch das Wasser hatte kalt finden können. Jetzt war es nur noch angenehm belebend. Ich mochte gar nicht wieder an Land und schwamm ein Stück hinaus.

Die Strandpromenade mit den kleinen Villen und auch

unserem Lebkuchenhäuschen ließ ich hinter mir, ebenso das *Monoton.* Ich fühlte mich seltsam glücklich, wie ich so schwimmend hinaus aufs offene Meer sah. Ich genoss mein Alleinsein mit dem Meer, dem Himmel und dem Wind.

Auf einmal hörte ich eine bekannte Stimme. »Mensch, Junge! Was machst du denn für Sachen?!«

Konnte man denn nirgends ungestört sein? Nicht einmal für ein paar Minuten? Wolf saß mit zwei durchtrainierten Männern in einem Ruderboot der DLRG, der Deutschen Lebens-Rettungs-Gesellschaft. Der ältere ruderte. Das Boot bewegte sich auf mich zu.

Aus der Perspektive des Schwimmers sah das Ruderboot bedrohlich aus. Sie kamen so dicht an mich heran, dass ich Angst hatte, ein Ruder an den Kopf zu bekommen und unter dem Bootsrumpf zu versinken. Dann zogen mich Wolf und einer der beiden Männer – der, der nicht gerudert hatte – aus dem Wasser. Jetzt war es irre kalt und ich fror jämmerlich. Sie legten mir eine Decke über, und Wolf rubbelte mit einem Handtuch meinen Kopf, obwohl der als Einziges trocken geblieben war.

»Mensch, Junge! Was machst du denn für Sachen?!«

Ich sah ihn verständnislos an. Dachte er etwa, ich hätte mich umbringen wollen? Ins Wasser gehen oder so etwas?

»Mensch, Junge! So was aber auch!«

Trotzdem genoss ich seine Fürsorge. War doch schön, dass sich einer um einen sorgte! Ich musste auf einmal vor Lachen prusten.

»Seid ihr auf Rudertour, Männer? Heute ist doch gar nicht Vatertag!«

Die Lebensretter sahen sich an. Sie kapierten schneller als Wolf.

»Hören Sie mal, guter Mann!« Der Jüngere streckte die Brust heraus und blickte strafend zu Wolf. »Wir von der

DLRG sind nicht zum Scherz da! Ihre Kindereien können Sie mit wem anders machen!«

Jetzt begriff auch Wolf.

»Ich dachte, du … ich dachte, wegen Ariane?«

»Glaubst du, ich bring mich um wegen Ariane? Nee, du, wirklich nicht! Eher würd ich dich ertränken, du Drecksack!«

Ich packte ihn am Kragen. So! Jetzt war es raus! Wir funkelten einander an. Dann fielen wir uns lachend in die Arme.

»Darf ich die Herren zu einem Schnaps einladen?«

Wolf sah versöhnlich zu den DLRG-Männern, die er aus ihrer Kaffeepause gerissen hatte. Sie nickten. Dann sah er zu mir.

»Nee, Wolf, nee, also nach Schnaps ist mir jetzt wirklich nicht!«

Wolf, mein bester Freund und Vaterersatz, hatte mit Ariane geschlafen. Unsere Freundschaft hatte sich dabei ein ganz schönes Loch in den Kopf gerannt. Aber es war schon vernarbt und langsam würden auch Haare darüber wachsen. Und schließlich war es mit Maja und Feline auch nicht übel gewesen. Das hätte ich sonst nie erlebt. Wolf klopfte mir auf die Schultern.

»Siehst du, Carl, nicht immer so verbissen sein!«

Ich schüttelte den Kopf. Nein, von der freien Liebe hatte mich mein Freund, der alte Revolutionär, nicht überzeugt. Das mit Ariane tat immer noch weh. Ich war eben nicht locker.

Während die Männer der DLRG das Ruderboot an den Strand zogen, trocknete ich mich ab und zog mich an. Und wieder landeten wir in einem Café. Das war eben so in den Ferien. Wolf und die Lebensretter hoben lachend ihre Schnapsgläser und ich umfasste den heißen Becher Kaffee und sah hinaus aufs kalte Meer.

11

Nachdem wir uns vorm Café von den Lebensrettern verabschiedet hatten, sah ich von weitem Matthias mit Victor anrücken. Ich wollte ihm ausweichen, aber Matthias steuerte bereits direkt auf mich zu.

»Hallo! Schön, dass ich euch treffe! Könnt ihr mal 'ne halbe Stunde auf Victor aufpassen, nur so 'n bisschen die Promenade auf und ab schieben?«

Wolf und die Lebensretter verdrückten sich schnell. Und ich hatte auf einmal den Griff der Kinderkarre in den Händen. Matthias bedankte sich schon überschwänglich bei mir, so dass ich gar keine Chance hatte abzulehnen. So schnell, wie er gekommen war, verschwand er auch wieder.

Da waren jetzt also Victor und ich auf einmal ganz allein auf der Travemünder Strandpromenade. Ich sah mir die Kinderkarre an. Es war mehr ein Zwischenmodell für Kinder, die schon sitzen konnten, aber noch keine große Karre brauchten. Es war ein Karrenaufsatz auf einem Kinderwagengestell.

Victor und ich sahen uns an.

»Na, kleiner Mann!«

Ich versuchte, freundlich zu gucken.

Victor verzog das Gesicht und heulte.

»Glaubst du etwa, mir bringt das Spaß?!«, schnauzte ich ihn an. »Das hat uns dein Vater eingebrockt! Dein Papa. Weißt du, was das heißt, *Papa?*«

Immerhin, er hatte aufgehört zu weinen und sah gebannt auf meine Lippen. So genau hatte mir lange niemand mehr zugehört.

Aber jetzt schrie er schon wieder.

»Hast du Durst?«

Ich griff nach seiner Flasche; sie lag in dem Netz, das an der Karre befestigt war. Als er sie sah, schrie er lauter, beruhigte sich aber, als ich ihm den Nuckel in den Mund schob. Er trank gierig. Da hatte ich wohl das Richtige getan.

Ich nahm ihn aus der Karre auf den Arm.

»Guck mal, Victor, das Meer! Da bin ich vorhin drin geschwommen! Und Wolf hat mich rausgeholt. Er wollte mir das Leben retten. Toll, nicht! Wolf ist für mich so etwas wie dein Papa für dich.«

Eine Dame kam mit ihrer Freundin vorbei.

»Junger Mann, Sie sind aber sehr leichtsinnig! Sie können doch nicht den Kleinen bei der Kälte aus seiner Karre nehmen! Denken Sie doch nur an den Wind! Ihr Sohn wird sich erkälten!«

»Aber er mag Wind!«, rief ich ihr entgegen. »Mein Sohn liebt Wind!«

Ich warf Victor hoch, hielt ihn direkt in den Ostseewind, worauf er erst verwundert und dann begeistert guckte. Dann schleuderte ich ihn herum, worauf er lustvoll quiekte und lachte.

Er lachte sein bezauberndes, fast zahnloses Babylachen. Die Dame und ihre Freundin waren längst gegangen. Etwas, das ihrem Weltbild widersprach, wollten sie gar nicht sehen. Ich nahm Victor fest in den Arm und legte meine Wange ganz dicht an seine.

Die Babyhaut fühlte sich wundervoll an. Ich bekam einen Schreck, als mir einfiel, dass ich mich heute noch gar nicht rasiert hatte. Aber Victor störte das nicht. Er ließ seine Wange auf meiner liegen und wurde ganz ruhig. Der Abend dämmerte.

»Guck mal, Victor, da drüben geht die Sonne unter. Und dort kann man bereits den Mond sehen.« Er sah mich nachdenklich an. Dann öffnete er seine Lippen.

»Pa...pa!«

»He, du kannst ja *Papa* sagen.«

»Pa...pa!«

Ich riss ihn begeistert hoch. Er freute sich mit mir. Wie ansteckend doch Kinderlachen ist.

»Weißt du, Victor, so mal von Mann zu Mann.«

Er sah mich äußerst verständig und aufmerksam an.

»Weißt du Victor, Ariane *liebe* ich und in Maja habe ich mich *verliebt*. Und beides mit einer Frau, das geht nicht.«

Jetzt schien mir ein Zweifel in seinem Gesichtchen zu stehen.

»Kannste glauben, Victor! Echt! Hab ich selbst ausprobiert! Also, wenn zwei sich vertraut sind, so wie Ariane und ich, dann ist der Zauber des anderen auch schon fort. Wenn dagegen etwas neu und schillernd ist, wie das mit Maja, dann fehlt jegliche Vertrautheit.«

Victor machte ein Bäuerchen. Ich sah ihn an. Er lächelte.

»Gleichzeitig lieben und immer wieder neu verliebt sein, das könnte ich nur für ein Kind empfinden, für ein so süßes kleines Wesen wie dich.«

Ich gab ihm einen Kuss auf die Wange.

Viel zu früh kam Matthias. Er drückte mir eilig die Hand.

»Ja, also vielen Dank, Carl! Ich weiß das zu schätzen. Besonders, da du ja nicht so auf Kinder abfährst.«

»Wie kommst du darauf?«

»Na ja, wer selbst keine hat ... und keine will ... Muss ja auch nicht jeder ... Ich meine, ich kann das verstehen. Kann ja auch ziemlich nervig sein.« Er grinste.

»Ich hoffe, Victor hat dich nicht zu sehr beansprucht!«

»Nee, du, überhaupt nicht. Der war so lieb!«

»Na ja, wird auch nicht wieder vorkommen. Aber ich musste dringend …«

»Du, das ist gar kein Problem. Jederzeit wieder.« Ich killerte Victor am Kinn.

»Dudududu!«

Er kicherte.

Matthias sah mich ungläubig an.

»Schön, dass ihr miteinander ausgekommen seid. Victor kann nämlich bei Fremden ganz schön Stress machen.«

»Tatsächlich? Kann ich mir gar nicht vorstellen. Tschüs, Victor! Bis bald!«

Ich griff seine kleine Hand.

»Grüß deine Mama schön von mir! Und ärger Papa nicht!«

»Tschüs, Carl! Und nochmals danke!«

Matthias hatte schon die Karre gewendet und war bereits zwei Schritte gegangen.

»Tschüs! Ach übrigens, Matthias!«

»Ja?«

Er drehte sich noch einmal um.

»Vielleicht interessiert es dich.«

»Ja?«

»Victor kann jetzt *Papa* sagen.«

»Willst du behaupten, er hat *Papa* gesagt?«

»Ja. Freust du dich nicht, dass er das jetzt kann? Du hast doch erzählt, dass du darauf wartest.«

»Er hat also zu dir *Papa* gesagt.«

»Ja, das kann er jetzt. Es war ein historischer Augenblick in seinem Leben. Ich wünschte, du wärst dabei gewesen!«

Matthias wurde ganz bleich, drehte sich wieder um und schob hastig davon.

Abends lag ich noch eine Weile im Bett und dachte an Victor. Mir fiel ein, dass Kinder meist weinen, wenn sie ins Bett gebracht werden. Auch ich war traurig, wenn wieder ein Tag zu Ende ging – besonders in Travemünde.

Zum ersten Mal seit der Ankunft von Maja und Wolf frühstückten wir wieder zu viert. Ariane und Maja saßen nebeneinander, gegenüber von Wolf und mir.

»Noch ein wenig Kaffee?«

»Gern. Darf ich dir das Brötchen einfach so mit der Hand reichen?«

»Klar.«

»Gibst du mir bitte die Marmelade?«

Wolf sah kauend in die Runde.

»Wo wir uns nun alle so gut kennen, könnten wir doch auch mal zu viert. In meiner Studienzeit haben wir das öfter gemacht.«

»Gib nicht so an, Wolf!«

Maja lachte.

»Nee, nee, das will ich nicht! Das ist nicht mein Ding!«

Ariane schüttelte heftig den Kopf.

Maja zuckte mit den Achseln. Sie hätte mitgemacht.

»Wollen wir nicht lieber spazieren gehen?«

Ariane sah schüchtern in die Runde.

»Prima Idee!« Wolf griff sich ein paar Scheiben Schinken. »Wie wär's mit der Steilküste?«

»Ob es regnen wird?«

Es regnete. Wir patschten in unserer Regenbekleidung durch Pfützen und sahen hinab. Der Herbstregen prasselte auf die Steilküste nieder.

Die Regentropfen sammelten sich auf dem Weg zu Pfützen. Die Pfützen liefen über. Aus den Pfützen wurden Rinnen. In den Rinnen lief das Wasser in Mengen die Steilküste hinab. Das Ufer bröckelte und brach. Erde wurde hinabgeschwemmt. Man ahnte es schon: Mit dem nächsten heftigen Sturm würden wieder ein paar Bäume entwurzelt werden. Es war Herbst. Es war die Zeit, in der sich das Meer ein Stück von dem zurückholte, was man ihm am Strand, am breiten, weißen Strand, genommen hatte. Hinter der Hermannshöhe kam eine Holztreppe, die wir hinuntergingen.

»Passt auf, dass ihr nicht ausrutscht! Es ist höllisch glatt!«

Wolf hatte uns die Warnung zugerufen und war im nächsten Moment selbst ausgerutscht. Ariane und Maja halfen sich gegenseitig die steilen, glibschigen Stufen hinab. Ich hob Wolf auf.

»Na, Alter, biste ausgerutscht!«

»So alt bin ich nun auch wieder nicht!«, schnauzte er mich an.

Ich erschrak. Ich hatte ihn nie für alt gehalten. Mit »Alter« meinte ich mehr so etwas wie »Freund, Kumpel«, eben jemanden, den man lange und gut kennt und der in diesem Sinne alt ist.

Wolf schüttelte mich ab.

»Ich kann allein gehen! Das kann ich gerade noch!«

Ich schwieg. Jedes erklärende Wort hätte die Sache verschlimmert.

»Siehst du den Stein da im Wasser?!«

Ich ging zu Wolf, der mich herangewinkt hatte.

»Den da, siehst du den?«

»Ja, wieso?«

»Heb mal an!«

»Was soll das?«

»Na, mach schon!«

»Hab ich keinen Bock drauf!«

»Los, ich hab gesagt, du sollst den Stein hochheben!«

Ich stieg auf zwei Steine, die vornan im Wasser lagen, ging

in die Knie und griff nach dem Stein, den Wolf mir gezeigt hatte.

»Geht nicht, Wolf! Er ist zu schwer!«

Ich hatte, offen gestanden, gar keine Lust auf diese Kraftprobe. Und außerdem: Der Regen reichte mir. Ich wollte nicht auch noch ins Wasser fallen.

»Du sollst den Stein anheben, Carl!«

Also gut. Ich hob den Stein an. Er war ziemlich schwer. Mit aller Wucht warf ich ihn einen halben Meter weit von mir. Als er ins Wasser fiel, sprang ich zurück: Ich wollte nicht nassgespritzt werden. Wolf hatte Gummistiefel an. Er watete durchs Wasser zu dem Stein und hob ihn auf seine Schulter.

»Okay, Wolf, hast gewonnen!«

»Wie weit kannst du den tragen?«

»Gar nicht. Der ist zu schwer.«

Jetzt mischte Maja sich ein.

»Schön, Herkules, wir haben alle gestaunt, wie stark du bist. Nun sei brav und lass das Steinchen fallen.«

»Noch bin ich nicht fünfzig. In ein paar Wochen werde ich fünfzig. Aber fünfzig heißt nicht neunzig. Ich bin nicht alt. Und ich bin noch lange kein Greis.«

»In Ordnung, Wolf, so war das gar nicht gemeint. Du verstehst da was falsch!«

Jetzt mischte sich auch Ariane ein. Sie streichelte sein Gesicht, das unter der Anstrengung rot geworden war.

»He, Wolf, niemand zweifelt an deinen Kräften.«

Wolf schritt voran. Er stolperte leicht, und es sah aus, als würde der kleine Fels von seiner breiten Schulter fallen, aber Wolf fing sein Gleichgewicht und schritt wie ein Riese voran. Eigentlich hätte die Erde beben müssen. Stattdessen versackte er bloß in dem nassen Sand und hinterließ mit Abstand die tiefsten Fußspuren von uns vieren.

Maja, Ariane und ich sahen uns sorgenvoll an. Wenn er

sich bloß nicht überhebt, stand in jedem Gesicht geschrieben. Aber wir schwiegen. Wir wollten die Sache nicht noch schlimmer machen. Wolf hatte als Einziger von uns keine Kapuze auf und so sah man, wie seine Haare vom Regen und wohl auch vom Schweiß immer nasser wurden. Regen und Schweiß liefen ihm übers Gesicht und er stöhnte und keuchte. Er wirkte gespenstisch wie ein grauer Pirat, der eine Schatztruhe schleppt.

»Den Stein«, ächzte er, »nehm ich mit! Den schenk ich dir, Carl, für zu Hause!«

Wollte er den Stein tatsächlich bis zu seinem Auto vor dem Lebkuchenhaus schleppen, um ihn dann nach Lübeck zu fahren?

Ich versuchte das Thema zu wechseln.

»Hab gestern übrigens 'nen kleinen Spaziergang mit Victor gemacht.«

Ariane und Maja hörten nicht zu.

»Ist eigentlich ein ganz putziger Kerl, der Lütte!«

»Ich kann mit Kindern nicht so viel anfangen«, bemerkte Maja beiläufig.

»Ich weiß auch nicht, wozu der ganze Fortpflanzungswahn gut sein soll«, ergänzte Ariane. »Gibt doch schon genug Menschen auf der Erde!«

»He, Ariane, was ist denn mit dir los?! Du fandst doch Victor auch so niedlich?«

»Ja, aber irgendwie … Ich weiß auch nicht. Maike ist nicht mehr wie sonst. Seit sie Mutter ist, waren wir noch nicht einmal zusammen im Kino. Und wenn ich sie besuche, kann man sich gar nicht richtig unterhalten. Immer zieht Victor die Aufmerksamkeit auf sich. Der kann ganze Partys sprengen. Alle beschäftigen sich dann nur noch mit dem Kind.«

Ich schwieg. Mein Thema war nicht angesagt.

Wolf astete sich mit dem Stein ab, der sicher mit der Strecke nicht leichter wurde. Sacht legte ich ihm die Hand auf die freie Schulter.

»He, wirklich, du bist ein Arbeitstier. Nun lass doch den ollen Stein und mach mal 'ne Pause!«

Er schüttelte mich ab und stapfte weiter. Er sah stur geradeaus.

»Und nachher«, keuchte er, »Ellenbogendrücken! Eine Hand auf den Rücken! Amerikanische Regeln! Ruh dich noch ein bisschen aus, Carl! Nachher geht's zur Sache!«

Ich sah ihn an. So hatte ich Wolf noch nicht erlebt. Man kam einander ganz schön nahe, wenn man gemeinsam Ferien machte.

Endlich waren wir beim Lebkuchenhaus und Wolf ließ den Stein auf den Rasen fallen. Dabei bückte er sich leicht und erhob sich siegessicher grinsend, bis … zack! Ein Schrei, ein Grinsen, das sich zu einer Grimasse verzerrte, ein schmerzvoller Blick, und Wolf verharrte in halb gebückter Haltung. Es war die ungünstigste Stellung, die man sich denken konnte.

Kein Zweifel, Wolf hatte einen Hexenschuss. Ariane und Maja brachten ihn vorsichtig zur Eingangstür. Ich öffnete hastig. Sie brachten ihn Schritt für Schritt in seiner halb gebückten Hexenschusshaltung zum Sofa. Ich legte ihm ein Kissen unter den Kopf und erzählte ihm, ich hätte auch schon öfter einen Hexenschuss gehabt, damit er bloß nicht dachte, ich glaubte, sein Leiden hätte irgendetwas damit zu tun, dass er alt sei. Maja und Ariane streichelten beide seinen Kopf. Er stöhnte und versuchte ansonsten, sich nicht zu bewegen.

Wolf schlief ein und schnarchte. Maja zog ihm die Schuhe aus, legte seine Füße hoch und setzte sich auf den Boden neben das Sofa. Sie griff sich ein Buch (Victor Hugo, ›Notre-Dame von Paris‹).

Ariane und ich gingen nach oben.

»Übrigens, dass du deinen Schnäuzer abrasiert hast, gefällt mir sehr gut!«

»Ach, wirklich!«

»Ja, sieht besser aus. Irgendwie erwachsener. Außerdem gefällt es mir, wenn ein Mann gut rasiert ist.«

Ich verschwand im Bad und rasierte mich gründlich. Ich betrachtete mich im Spiegel. Sie hatte Recht. Eigentlich war mein Schnäuzer kindisch gewesen. Ich hatte ihn gehabt, seit ich fünfzehn war. Ich hatte damit vorgegeben, etwas zu sein, was ich nicht war: ein Mann. Ich war ein Junge. Auch jetzt noch. Aber wenigstens markierte ich nicht mehr den Mann.

Als ich zurückkam, saß Ariane in Strapsen, schwarzen Strümpfen und schwarzem Spitzen-BH auf dem Bett. Sie lächelte. In dem BH war zwischen den Brüsten ein Edelstein eingearbeitet oder wohl eher Strass. Der Stein funkelte und Arianes Augen blickten unsicher.

Wir kannten uns schon lange und so unsicher hatte sie mich nur ganz am Anfang angeschaut. Ich hatte sie noch nie in Reizwäsche gesehen. Das hatte ich oft schade gefunden, denn ich fand Strümpfe und so ziemlich geil. Ich hätte mich aber nicht getraut, ihr das zu sagen, denn an der Uni galt Reizwäsche als frauenfeindlich. Ich sah Ariane an. Irgendwie passte die Wäsche nicht zu ihr. Sie trug sie nicht so selbstverständlich wie die Frauen in den Prospekten, in denen ich heimlich blätterte. Sie sah darin etwas hilflos und verloren aus. Im Ganzen wirkte die schwarze Unterwäsche bei ihr nicht wild und gefährlich, sondern eher, als wolle sie eine gute Tat vollbringen.

Wir schliefen miteinander.

Wir waren uns für Augenblicke wieder aufregend fremd gewesen. Es war ja nun nicht mehr selbstverständlich, dass wir Sex miteinander hatten. Dann löste sie schnell die

Strümpfe von den Strapsen und zog sie aus. Es war, als würde sie eine ihrer Natur widersprechende zweite Haut abstreifen, um wieder sie selbst zu sein. Sie hatte auch so schöne Beine.

»Es tut mir leid.«

Sie sah mich ernst an.

»Was? Das eben?«

»Nein, du Dummer! Das Ganze.«

»Ach so.«

»Ich will gar keine freie Liebe.«

»Aha.«

»Ich will auch kein Kind mehr.«

Ich sah sie überrascht an.

»Ich will bloß bei dir bleiben.«

Ich nahm sie in den Arm.

Ihre Augen funkelten wieder.

»Dich kann man doch gar nicht allein lassen. Du verläufst dich bloß, Kleiner.«

Zum ersten Mal seit unserem Streit hatte sie mich wieder *Kleiner* genannt. War jetzt wieder alles in Ordnung?

Wir standen auf und gingen in den Ort.

12

Matzen, das Kaufhaus, hatte Regenjacken reduziert. Die Apotheke dekorierte schon auf Erkältung um. An *Niederegger* konnten wir wieder einmal nicht vorbeigehen. Als Erstes deckte ich mich mit Champagnertrüffel-Pralinen ein, dann sahen wir uns Hand in Hand im Geschäft um. In den Regalen lagen die kleinen Kunstwerke der Konditoren. Eine Meerjungfrau aus Marzipan machte mir Appetit.

»Die muss ich haben! Die vernasch ich!«

»Kommt gar nicht infrage! Wüstling! Lüstling! Frauenfeind!«

Sie lachte.

»Ooch, ist der süß!«

Sie hatte einen Seehund entdeckt, großer Kopf und hilflose Augen. Dann etwas anderes.

»Guck mal, der Preis da! Die haben wohl das Komma vergessen!«

»Nein, das glaub ich nicht.«

Die *Passat*, Segelschiff und Wahrzeichen Travemündes, war detailgetreu und kiloschwer in Marzipan gebannt. Für neun Mark war die bestimmt nicht zu haben.

Wir beschlossen, die Nachbildung mit dem Original zu vergleichen, und gingen in den ersten Stock, wo das Café war. Von dort konnte man die *Passat* im Hafen liegen sehen. Wir gingen hinauf, wir liefen nicht. Das biedere Ambiente des Cafés dämpfte unseren Übermut.

Wir setzten uns ans Fenster und sahen auf den Viermaster. Der Konditor hatte die *Passat* gut getroffen.

Ich bestellte Nusstorte mit Sahne. Sie bestellte Käsekuchen. Dazu zwei Kännchen Kaffee. Wir sprachen kaum miteinander. Jeder hing seinen Gedanken nach.

Am Nachbartisch setzte sich ein Elternpaar. Der Vater trug sein Baby auf dem Arm. Das Baby weinte. Die Mutter setzte sich und der Vater reichte ihr den Säugling.

Sie hielt ihn auf einem Arm, ihre Hand zwischen seinen Beinen auf der dicken plusterigen Windel. Sie knöpfte sich mit der anderen Hand die Bluse auf. Ich konnte mir einen Blick zur Seite nicht verkneifen. Der freigelegte, pralle Busen weckte meinen Appetit.

Sie legte ihr Kind an die Brust und es trank unter wohligem Eselsgestöhne – iiiaiiia. Die Kellnerin, etwa fünfzig Jahre alt, blonde Dauerwelle, rote Schürze mit Schleifchen, beigefarbene Nylonstrümpfe in schwarzen Sandalen, bat die Mutter, ihr Kind im Wickelraum zu stillen und nicht im Café. Sie machte eine beschwichtigende Geste. »Verstehen Sie, die Gäste.«

Die jungen Eltern verließen empört das Café. »Wir sind auch Gäste!«, riefen sie.

Der Kellnerin tat's leid, aber eine Frau mit offener Bluse im *Niederegger*-Café, das ging nicht, nicht einmal, wenn es eine stillende Mutter war.

Zwei Damen kamen die Treppe herauf. Sie waren vermutlich aus dem Seniorenheim am Priwall, der Halbinsel gegenüber der Vorderreihe, auf der anderen Seite der Trave. Sie setzten sich auf den Platz, den die junge Familie freigemacht hatte.

»Was meinst du, Carl, darf eine Mutter ihr Kind im Café stillen?«

»Ich meine gar nichts. Ich habe keine Meinung. Ich habe

Ferien.« Ich streichelte die Stelle, wo mein Oberlippenbärtchen gewesen war, und fasste mein Kinn. »Sie hatte übrigens sehr schöne Brüste.«

Ariane stieß mir sacht gegen den Kopf und lachte:

»Mann, du bist vielleicht ein Klappskalli!«

Als wir das Café verließen, kam uns eine Rothaarige entgegen. Ariane sah mich an.

»Und? Wie sind sie so? Ich meine, die Rothaarigen?! Sind die schärfer?!«

»He! Nun werd mal nicht schnippisch! *Du* hast schließlich *mir* die freie Liebe angeboten, nicht umgekehrt!«

»Okay, war nicht so gemeint.«

Die Rothaarige führte einen Hund an der Leine.

»Nein, ist der süß!«

Ariane klatschte in die Hände.

»Diese puscheligen Pfoten! Dieses wuschelige Fell!«

Das Gesicht der Frau, die eben noch recht mürrisch geguckt hatte, hellte sich auf.

»Sie heißt Sheila. Sie ist vierzehn Wochen alt.«

»Ist das ein Bernhardiner?«

Ich verstand nicht viel von Hunden und irgendwie sah dieser wie ein Bernhardiner aus.

»Nein. Sie ist eine Berner Sennenhündin. Ich hoffe, sie wird nicht so groß wie ein Bernhardiner. Ihre Mutter war eher klein. Berner Sennenhunde sind Gutshunde. Sie helfen den Sennerinnen beim Kühehüten. Sie kommen aus der Schweiz. Im Winter kann man sie vor einen Schlitten spannen.«

Sie hatte sich neben ihren Hund gehockt und angekuschelt.

Ich wollte weiter. Ariane riss sich schweren Herzens von Sheila los. Ab jetzt sprach sie nur noch von dem niedlichen, tapsigen Hundemädchen.

»Ich will auch einen Hund, so einen kleinen, so einen …«

»In unserer Wohnung ein Hund?! Kommt gar nicht infrage! Dann zieh ich aus!«

»Aber ich will ein Tier!« Sie stampfte mit dem Fuß auf und sprach leise weiter. »Etwas, worum ich mich kümmern kann!«

Sie verhandelte hart und wir einigten uns schließlich auf einen Kanarienvogel. Ein Kanarienvogel haarte wenigstens nicht aufs Sofa und konnte nicht so kräftig zubeißen.

Ariane nahm meine Hand.

»Komm, wir wollen bummeln gehen!«

Am Kiosk kaufte ich zwei Schokoriegel mit Nüssen und einen Plan von Travemünde. Der Mann vom Kiosk schaute müde drein wie immer. Er war wie ein verregneter Tag. Ich hatte ihn schon öfter beobachtet: Er reichte die Zeitungen herüber oder Postkarten oder Süßigkeiten, kassierte das Geld und nickte teilnahmslos, wenn einer bei ihm einen Korn trank und Lebensweisheiten abließ. Er hing schlaff in seinem Stuhl, sah mich mit müden Augen von unten an und nannte den Preis. Ich zahlte. In all seiner Schläfrigkeit war trotzdem Wachheit: Er schob mir ein Geldstück zurück, eine Falschmünze. Wer hatte mir die bloß angedreht? Ich hatte das nicht bemerkt.

Ich verstaute den Stadtplan. Ich hatte ihn keineswegs gekauft, um mich zurechtzufinden. Travemünde war klein und ich kannte mich aus. Ich hatte den Plan gekauft, weil ich nach den Ferien zu Hause noch einmal darin stöbern wollte. Ich mochte die maritimen Straßennamen: Backbord hieß eine Straße und rechts davon verlief Steuerbord. Dahinter beschrieb eine Straße namens Achterdeck einen Halbkreis, so dass aus der Luft oder auf dem Stadtplan betrachtet ein Gebilde wie ein Schiff zu sehen war. Dieses Straßenschiff wurde von einer Querstraße geschnitten, die Mittschiffs hieß. Ging man ein paar Schritte weiter, war man Am Heck, An der Reling, Im Beiboot oder An der Logleine. Am schönsten aber war der Name des Ortes selbst: Travemünde. In der Melodie dieses Wortes klang alles mit, was Travemünde seinen Besuchern geben konnte.

Da war ein Laden mit Kinderbekleidung. Am liebsten hätte ich Victor einen Matrosenanzug gekauft. Eine Schaufensterpuppe, ein kleiner Junge, der auf einem antiken Schaukelpferd saß, trug ihn. Aber Ariane fand Matrosenanzüge blöd und deutete außerdem auf den Preis. Das war ein Laden für Wohlhabende, wie so viele Läden in Travemünde.

Wir sahen in die Schaufenster. Wenn mir eine Jacke gefiel, dann kostete sie auch schon so viel, wie ich für einen Monat zum Leben hatte. Warum eine Krawatte allerdings wasserfest und atmungsaktiv sein sollte, verstand ich nicht. Da wäre mir die dunkelblaue Krawatte mit der *Passat* darauf, die einen Bruchteil davon kostete, lieber gewesen. Aber ich trug ja keine Krawatten.

Ich nahm Ariane in den Arm und wuselte durch ihre Haare.

»Weißt du, Ariane, was ich auch so gern hab an dir?«

Sie sah mich fragend an.

»Dass du dich nie wegen deiner Frisur anstellst.«

»Und meine gute Figur, meine sexy Augen, mein verführerischer Mund, darüber verlierst du kein Wort?!«

Sie stemmte die Arme in die Hüften und tat empört.

Ich umfasste ihre Hüften und sah ihr in die Augen.

»Ich werde dich immer lieb haben, Ariane.«

Sie sah mich an und hörte zu.

»Das hat mir auch so wehgetan, als du mit der freien Liebe kamst. Ich hatte so ein Gefühl, dass ich bei dir bleiben will und dass ich dich immer schön finden werde, auch wenn du einmal älter bist. Ich dachte, du wirfst das alles fort.«

»Also, Kleiner, nimm's mir nicht übel, aber wenn du mal alt bist, such ich mir 'nen jungen Mann!«

»Warte!«

Sie lief fort und ich hinterher. Sie ließ sich fangen und küssen. Arm in Arm gingen wir weiter.

Vor einem Tiergeschäft blieb Ariane stehen.

»Komm, da gehen wir rein!«

»Ach nein! Wieso denn?«

Ariane griff meine Hand und zog mich mit. Die Glocke an der Ladentür erklang. Das Geschäft war klein, eng, überheizt und stank nach Tier.

Ich blieb vor den Aquarien stehen. Fisch müsste man sein, in der Südsee. In einem bunten Korallenriff leben, in den Tag hinein. Aber bitte nicht in einem Aquarium! Man konnte nicht nur Fische kaufen, sondern auch die Innenausstattung des Aquariums. Da gab es ein Miniaturwrack aus Plastik, das man auf dem Meeresgrund seines Aquariums versenken konnte, wahlweise auch mit Muscheln, Seesternen oder einem Tauchermännchen vor einer Schatzkiste. Ob das die Fische interessierte? Dann schon eher das Lavagestein, in dem sie sich vor neugierigen Blicken schützen konnten, das Kilo fünf fünfundneunzig. Sandstein war doppelt so teuer.

Ich ging weiter. Ein Hamster lief unermüdlich in seinem Laufrad. Über einen Trafo ging eine Lampe an, wurde heller, wenn er schneller lief, und erlosch, wenn er eine Pause machte. Katzenbabys lagen in einem Korb hinter Käfiggittern. Sie purzelten so sehr durcheinander, dass es mir unmöglich schien, sie zu zählen.

»Wie süß!«

Ariane hatte sie auch entdeckt.

Neben einem künstlichen Teich lagen Schildkröten.

»Sind die echt?«

Der Verkäufer, ein weißhaariger Mann mit Schürze, gab

einer Schildkröte einen Stups. Sie ging drei Schritte. Eine Zumutung war das! Sie war doch heute Morgen schon drei Schritte gegangen! Zur Belohnung gab es ein Salatblatt.

Tierschützer hätten angesichts der Käfige wohl entrüstet den Zeigefinger gehoben. Aber viele Tierschützer wurden von den gleichen Bedürfnissen gelenkt, die auch die Tierhalter bestimmten. Wie sonst war es zu erklären, dass man fast immer nur für das Überleben hübscher, niedlicher Tiere kämpfte, für Robben oder Elefanten, selten aber für irgendwelche Käfer oder Insekten, auch wenn sie nicht minder gefährdet waren. Wir vermenschlichten die Tiere. Und wir gingen noch weiter:

»Guck mal, der Affe, der guckt wie Wolf, wenn er aus seinem Buch liest, so wichtig!«

Wir verwolften die Tiere sogar oder vercarlten oder vermajaten sie.

Ein Affe in einer Tierhandlung?

»Der ist bestimmt ein Ladenhüter! Wer will schon so ein freches Tier in den Gardinen hängen haben.«

»Was frisst so ein Affe eigentlich, außer Bananen? Ob der auch ein Steak mag?«

Wer erst einmal ein Tier mitnahm, war verraten und verkauft. Er konnte nicht mehr problemlos in Urlaub fahren. Nur Flöhe waren so klein, dass man sie ungehindert ins Hotel schleusen konnte. Wer ein Tier kaufte, ahnte nicht, was da alles dranhing. Ich stand vor dem Fünfzehnkilosack Katzenstreu. Den würde man, wenn Mohrle erst einmal zur Familie gehörte, allwöchentlich schleppen müssen. Und sicher hatte er ein Loch, aus dem Streu auf die neue Jacke rieselte. Dahinter war eine ganze Wand voll Katzen- und Hundefutter. Die Preise waren stolz: eins fünfunddreißig für diese kleine Dose! Wie viele davon brauchte eine Katze am Tag wohl? Die Bohnen-, Erbsen-, Wurzeln- oder Maisdosen, die ich mir selbst aus dem Supermarkt holte, waren nicht nur größer, sondern auch billiger. Aber dafür wurde man als Tierhalter ja entschädigt: »Mein Hamster versteht mich«, sagten die Hamsterbesitzer einmütig. »Der versteht mich – besser als die Menschen!«

Ariane blieb vor den Vogelkäfigen stehen. Ich ahnte Schlimmes.

»Guck mal, gar nicht teuer!«

Ich las die Preisschilder.

»Nymphensittich neunundsiebzig Mark in Grau und achtundneunzig in Bunt.«

Dann doch lieber in Grau.

»Wellensittich neunundvierzig Mark der Hahn, neununddreißig die Henne.«

Das fand Ariane frauenfeindlich.

»Wo wir doch biologisch viel wertvoller sind als ihr! Ich meine wegen des Kinderkriegens!«

Ich solidarisierte mich sofort mit dem Hahn.

»Also, wenn du nicht siehst, dass der teurer sein muss, kann ich dir auch nicht helfen! Ist wie bei den Enten: Erpel sind schöner!«

»Wusstest du, dass Erpel in der Brunftzeit oft zum Abschuss freigegeben werden?! Hat wohl was damit zu tun, dass ihr Männer euch nicht beherrschen könnt! Die Erpel besteigen die Enten gleich zu mehreren! Ohne zu fragen! Und die armen Enten müssen ertrinken!«

Der Verkäufer trat zu uns.

»Kann ich den Herrschaften behilflich sein?«

»Wir gucken nur.«

Ich zog Ariane am Ärmel.

Sie riss sich los.

»Ja, sehr gern! Wir suchen einen Vogel, der sprechen kann!«

Der Verkäufer machte ein verschwiegenes, wichtiges Gesicht.

»Da hätte ich vielleicht etwas für Sie. Gerade erst hereingekommen. Eigentlich noch gar nicht zum Verkauf. Und außerdem ... Ich weiß nicht ... Ich musste dem Vorbesitzer am Sterbebett versprechen ...«

»Am Sterbebett?!«

»Ja, Papageien werden nun einmal recht alt und überleben manchmal sogar ihre Besitzer. Dieser ist ein stattlicher Herr von sechzig Jahren.«

Er holte aus einem Hinterzimmer einen Käfig.

Ich winkte ab.

»Wir dachten mehr an was Niedliches! Was Süßes! Nicht wahr, Ariane?!«

Ariane lachte.

»Nein, ist der drollig!«

Sie steckte ein Stück Papier zwischen die Gitterstäbe. Der Papagei, der sich mit dem Schnabel am Gitter festhielt, nahm das Papier mit seiner Kralle und reichte es zwischen zwei anderen Gitterstäben zurück.

»Er heißt Lora. Und sein Herrchen war Kapitän Martin. Lora ist seinerzeit auf dem Pazifik gefahren.«

»Paaazi-Fick«, krächzte Lora.

»Also, ich weiß nicht ...«

Ariane zögerte.

»Wir überlegen noch!«

Ich wollte den Laden so schnell wie möglich verlassen.

»Mam-mas Lip-link!«

»Hör mal, Carl!«

»Mam-mas Lip-link!«

»Ja, bist du Mamas Liebling?«

»Lorrra, Lorrra!«

»Wir nehmen ihn!«

»Da er Sie offensichtlich mag, gebe ich ihn Ihnen für zweihundertfünfzig Mark.« Er rieb sich die Hände und beugte sich vor. »Ein Freundschaftspreis.«

Ich schluckte. Ariane war fest entschlossen. Lora musste mit.

Glücklicherweise konnte ich den Schaden begrenzen, indem ich den Händler auf zweihundert Mark inklusive Käfig, einer Tüte Sonnenblumenkerne und einem kleinen Heftchen über Papageien herunterhandelte.

Draußen drückte Ariane mir den Käfig in die Hand.

»Moment mal, du wolltest doch den Papagei!«

»Carl, du könntest ruhig einmal ein Gentleman sein.«

Ich schleppte also den schweren Käfig mit dem Papagei, und Ariane lief überglücklich neben mir her.

So hässlich war Lora eigentlich gar nicht. Genauer betrachtet war er sogar hübsch. Merkwürdig nur, dass ein Männchen Lora hieß. Sein Gefieder war am Kopf leuchtend rot, die Flügel waren auf Brusthöhe gelb, darunter blau, und die Schwanzfedern waren wieder rot.

»Miauuu!«

Ich sah nach unten. Es war keine Katze zu sehen.

»Miauuu!«

Ariane lachte. Ein Komiker war dieser Papagei also auch.

Wir gingen durch die Travemünder Altstadt zum Marktplatz, der zwischen der Kirchstraße, der Torstraße und der Jahrmarktstraße liegt. Die kleinen Backsteinhäuser mit ihren Giebeln waren hübsch, mussten aber winzige Zimmer haben. Vor einem schiefen Fachwerkhaus Ecke Jahrmarktstraße blieben wir stehen.

»Wie alt das wohl ist?«

Ich wusste es nicht.

Heute war Markttag.

Gleich am Anfang des Wochenmarktes war ein Korbhändler. Er hatte Wäschekörbe, Strohbesen, geflochtene Koffer und Einkaufskörbe in etlichen Größen, Farben und Formen.

»Körbe, ich liebe Körbe!«

Ariane kaufte einen Korb, hängte ihn über ihren Arm und ging so von Stand zu Stand.

»Feinster Darjeeling, Earl Grey. Da können Sie gar nichts falsch machen! Und vom Yogi-Tee gebe ich Ihnen mal eine Probe!«

Ein alter Mann handelte mit Honig, »aus eigener Imkerei!«.

Am Brotstand verkaufte eine junge Frau mit dicken roten Wangen Vollkornbrot.

»Da klappt es wieder mit der Verdauung, Frau Schneider!«

Flink griff der Eierhändler nach den Eiern. Im Nu war ein Zehnerpack voll, das Geld eingesammelt, das Wechselgeld herausgegeben und der nächste Zehnerpack mit Eiern gefüllt.

»Aber bitte nicht so kleine!«

Es war ein Wunder, dass kein Ei kaputtging, so schnell, wie er einsortierte.

Ariane zeigte auf ein Regal mit Obst.

»Oh, guck mal! Sind das nicht geile Mangos?!«

»Mang-gos. Mang-gos, Lorrra, Mang-gos!«

Ob Lora wusste, wovon er sprach?

Ariane kaufte Mangos. Und Äpfel. Und Birnen. Und Pflaumen.

Neben dem Obst lag Gemüse. Salatköpfe türmten sich neben Rotkohl und Weißkohl, Steckrüben und Kartoffeln.

»Rotkohl! Hast du auch so 'nen Appetit auf Rotkohl?!«

Ich nickte.

Beim Fleischstand kaufte sie auch noch Hähnchen.

Der Fleischer, er hatte eine gesund wirkende schweinchenrosa Gesichtsfarbe und kräftige Oberarme, schenkte einer Frau eine Tüte Knochen.

»Die Knochen tun Sie mal in die Suppe! Ich sage Ihnen, das schmeckt! Und für den Kleinen ’ne Wurst auf die Hand! Darf er doch?!«

Die Frau nickte, zahlte, ging. Die Nächste rückte auf.

»Na, Frau Müller! Aus dem Urlaub zurück?«

Ich fasste Ariane am Arm.

»Kartoffeln, Ariane, vergiss nicht die Kartoffeln.«

»Kartoffeln haben wir noch. Hat Wolf gekauft.«

Ein Glück. Trotzdem war es viel, was sie mitnahm. Wer sollte das alles schleppen? Immerhin hatte ich ja auch noch den Papageienkäfig dabei.

Ich stellte den Käfig vor der Würstchenbude ab und aß eine Currywurst. Eines hatten Lora und ich gemeinsam. Auch ihm war es ein wenig zu voll hier. Er schimpfte.

»Alterrr Rrrräuberrr Hotze-Plotz!«

»Du, Ariane, der hat Räuber Hotzenplotz zu mir gesagt! Ich find das nicht gut!«

Sie lachte. Ariane genoss das bunte Treiben. Ich biss frustriert in die Currywurst.

»Dass du schon wieder Hunger hast!«

Ich gab Lora ein Stück Wurst. Irgendwie mussten wir ja jetzt miteinander auskommen. Er biss mir in den Finger. Ich schrie. Zum Glück hatte ich die Hand rechtzeitig zurückgezogen, und er hatte mich nur gekniffen, denn da war noch die Wurst zwischen seinem Schnabel und meinem Finger gewesen. Aber ich war trotzdem höllisch erschrocken. So stark und scharf, wie der Schnabel aussah, hätte Lora mir sicher den Finger abbeißen können.

»Verdammt! Der hat mich gebissen!«

Ariane streichelte meinen Kopf.

»Soll ich pusten? Du Armer! Böser, böser Papagei!«

»Und jetzt spuckt der undankbare Kerl auch noch die Wurst aus! So was aber auch!«

An einem türkischen Stand gab es Erlesenes. Der blonde Türke mit den blauen Augen reichte Ariane eine eingelegte Olive. Sie schloss die Augen und genoss. Den Kern hatte man zuvor entfernt. Der Türke schmierte ihr flink ein Stück Fladenbrot mit eingelegtem Schafskäse. Es war nicht billig, aber Ariane kaufte. Immerhin hatten wir Ferien.

Ein Händler bot die schärfsten Messer der Welt an. Eine Frau feilschte mit einem Gemüsemann. Vor dem Stand mit Bio-Gemüse, rein ökologisch-dynamisch, wand sich die längste Schlange. Man wollte ja etwas für die Gesundheit tun. Die Bauern ernährten die Städter. Oder war es umgekehrt?

»Darf's auch ein wenig mehr sein?«

»Wiegen Sie es ruhig aus!«

Ein Stand mit Holzspielzeug war da. Laster, Müllwagen, Kräne, eine Holzeisenbahn. Da hätte ich gern eingekauft! Aber ich war ja erwachsen und durfte nicht mehr mit solchen Dingen spielen. Jedes Teil kostete rund hundert Mark. Da würde noch einiges auf Matthias und Maike zukommen. Ein Antiquar bot Bücher an. Er hatte ein paar Taschenbücher aus den Fünfzigern, die mich interessierten. Aber ich kaufte ein anderes Buch. Es war noch fast neu.

»Zeig mal, was hast du denn da für 'nen dicken Schinken!«

Sie nahm mir das Buch aus der Hand und las den Titel: ›Wir werden Eltern – in 19 Kapiteln von der Zeugung bis zur Volljährigkeit‹.

»Wozu brauchst du denn das?«

»Na ja, ich dachte … Ich meine … Also, man kann sich doch schon mal langsam einlesen.«

»Carl, du bist wirklich absolut verkopft!«

Sie ließ den Korb fallen, Äpfel kullerten heraus aufs Kopfsteinpflaster. Es war ihr egal. Sie fiel mir in die Arme und küsste mich.

»Ariane?«

»Carl?«

»Lora.«

»Den bringen wir gleich morgen wieder zurück.«

Ich nahm sie ganz fest in meine Arme. Ja, wir würden Lora zurückbringen. Und dann würden wir noch ein paar wundervolle Ferientage haben, Ferientage mit langen Spaziergängen am Meer und ohne Streit. Und was konnte es Besseres geben als verliebt in Travemünde sein? Verliebt sein in Travemünde und gemeinsam mit einem heißen Becher Kaffee aus dem Lebkuchenhaus hinausschauen, weit hinaus auf die Lübecker Bucht. Wir küssten uns. Und da draußen vor der Küste Travemündes gab das Meer, die Ostsee, tosenden Applaus.

Zum Platt in der Klabauterbar (10. Kapitel):

De Frees snackt anners Platt as de Hamborger, de Hamborger anners as de Travemünner. Karl Heinz is een ollen Travemünner Knurrhahn. He het dat all nakieken, un he seggt, dat is allens förn Quiddje as Andreas good worden.